Bank in der Krise

Adolf Heinzlmeier

Bank in der Krise

Kriminalroman

Für Inge

Bibliografische Information der Deutschen Nationalbibliothek:
Die Deutsche Nationalbibliothek verzeichnet diese Publikation in der
Deutschen Nationalbibliografie;
detaillierte bibliografische Daten sind im Internet über
http://dnb.d-nb.de abrufbar.

© 2012 Adolf Heinzlmeier
Umschlaggestaltung, Herstellung und Verlag:
Books on Demand GmbH, Norderstedt
ISBN: 978-3-8448-2903-7

ERSTES KAPITEL: WALLER

Darum wirst du zum Tode verurteilt,
Paule Ackermann. Wegen Mangel an Geld,
was das größte Verbrechen ist,
das auf dem Erdenrund vorkommt.
BRECHT/WEILL, Mahagony, 18.Bild

1

Waller betrat den Schalterraum der Bank. Eine kühle Geschäftsatmosphäre empfing ihn. Kunden standen Schlange vor Automaten. Telefone läuteten. Bildschirme leuchteten grünlich. Angestellte tippten Zahlen ein.

Er sortierte Worte im Kopf, Freiheit, Neuanfang, Freudentanz. Vergangenheit in Zukunft übersetzen. Das Leben begann morgen. Wenn er seinen Kredit bekommen hatte und eine Euro Limited gründen könnte, ja dann.

Der Kassierer, ein freundlicher Mann im grauen Anzug, saß in einem Käfig aus Panzerglas. Der Kasten war für die Kunden nach vorne offen. Waller stand an einem kleinen Tisch und füllte ein mehrseitiges Formular aus. Während er auf Erdnüssen herumkaute, schob sich eine goldblonde Frau mit roten Strähnen im Haar und rückenfreiem Oberteil in sein Blickfeld. Sie kritzelte auf einem Papier herum und ärgerte sich über den schlecht funktionierenden Kugelschreiber. Die Frau wurde immer wütender. Sie war jünger als er, Waller schätzte sie auf Ende zwanzig oder Anfang dreißig. Grünblaue Augen, karminrote Lippen, gestreifte hellblaue Stretchhose. Waller reichte ihr lässig sein Schreibgerät: »Wenn ich helfen kann!«

»Danke.«

Sie nahm den Kugelschreiber, lächelte schwach. Wer vormittags um elf Uhr Bankgeschäfte tätigt, ist entweder von Geburt an gut bei Kasse oder arbeitslos. Eigentlich sah sie nach einer Edelschlampe aus mit einem betuchten Angeber im Rücken.

Ein schwarz gekleideter Bursche mit einer Strumpfmaske über dem Gesicht sprang mit der Pistole im Anschlag auf den Glaskasten des Kassierers zu und schrie: »Überfall. Alles hinlegen!«

Ein zweiter maskierter Bankräuber in einer gelben Jacke stand am Eingang, fuchtelte ebenfalls mit schweren Eisenwaren herum. Beide Typen trugen schwarze Handschuhe und schwere schwarze Stiefel.

Ich bin nicht zum Helden geboren, dachte Waller und legte sich als einer der Ersten vorsichtig auf den kalten Boden. Außer ihm und der Rotblonden befanden sich sieben oder acht Kunden im Raum, ohne die Bankangestellten. Die meisten Personen blieben erstaunlich ruhig, nur einige gerieten in Panik, reagierten kopflos. Eine Frau kreischte, die Männer blieben stumm, nur einer gab gurgelnde Laute von sich. Andere imitierten Fluchtbewegungen und ergaben sich dann in ihr Schicksal. Schließlich lagen alle am Boden.

»Hände über den Kopf!«, befahl der Mann an der Tür.

Der schwarz gekleidete Bankräuber hielt dem Kassierer eine große Ledertasche hin: »Geld her! Aber dalli!«

Der Kassierer schichtete stumm Geldbündel in die Tasche.

Waller beobachtete, wie der schwarz Gekleidete über die Barriere sprang, eine verkrampft vor einem Schreibtisch hockende korpulente Bankangestellte hochriss und

7

in einen rückwärtigen Raum zerrte. Waller hörte, dass er etwas wie »Tresor öffnen« zischte. Nach kurzer Zeit kam er mit einer zweiten großen Geldtasche wieder zum Vorschein. Die Frau blieb unsichtbar.

In diesem Augenblick betrat ein neuer Kunde die Bank. Der gelbe Bankräuber versetzte ihm einen Schubs in den Rücken und brüllte »hinlegen«, doch der Mann reagierte unerwartet. Er drehte sich im Stolpern geistesgegenwärtig um und holte zu einem Schwinger aus. Der Ganove wich ihm mit einer schnellen Bewegung aus, was zur Folge hatte, dass ihn die Faust statt am Kopf an der Schulter erwischte. Aus der Schnellfeuerwaffe des taumelnden Mannes lösten sich Schüsse, trafen den Kunden ins Bein und die Rotblonde neben Waller in die Brust. Sie öffnete den Mund zu einem stummen Schrei, als sie sah, wie ihr Blut floss. Der Kunde mit Beinschuss sackte zusammen.

Tumult entstand.

Die angeschossene Frau neben Waller schrie plötzlich um ihr Leben, als sie spürte, wie sich die Blutlache unter ihr ausbreitete. Eine andere Frau kreischte. Ein Mann mit Brille wälzte sich epileptisch am Boden, als wäre auch er getroffen worden. Neben Waller stand ein großer Bursche auf, warf sich von hinten auf den gelben Typ und versuchte, ihn zu überwältigen, doch der zweite Bankräuber knallte ihm die Waffe auf den Schädel, der Angreifer torkelte, und fiel hin.

»Liegenbleiben«, bellte der schwarz Gekleidete, als sich mehrere Köpfe hoben. Das Wimmern der Frau neben ihm, die ständig Blut verlor, zerrte an Wallers Nerven.

»Tun Sie doch etwas!«, schrie er den Mann an. Der bedeutete Waller, aufzustehen. Er gehorchte zögernd. Der Bankräuber hielt ihm die Pistole an die Schläfe und sagte, »du kommst mit«.

Die Ganoven befahlen den Liegenden: »Rührt euch nicht, sonst knallt's!«, rannten mit Waller und den Geldtaschen aus der Bank und sprangen in den vor dem Haus bereitstehenden Ford Kombi. Der Gelbe raste mit dem Wagen mit quietschenden Reifen los und überfuhr beinahe einen streunenden Dackel. Ein Seitenfenster des Autos war einen Spalt geöffnet. Waller bekam beißende Autoabgase in die Nase.

Aus der Ferne hörte man Polizeisirenen. Es musste einem der Bankangestellten gelungen sein, während des Überfalls einen Alarmknopf zu betätigen.

Als ein Streifenwagen vor der Bank im Nordend eintraf, fuhr das Fluchtauto bereits auf einer Schnellstraße, Waller vermutete der Adickesallee.

Die Geisel kauerte an den Händen gefesselt auf dem Rücksitz. Sie hatten ihr den Mund mit einem Klebeband zugepflastert. Waller stöhnte. Der gelbe Typ passte sich dem Tempo des Verkehrs an, um nicht aufzufallen. Popmusik dudelte aus dem Autoradio. Ein Kommentator verkündete: »Der Trend geht zur Sinnsuche.« Während der Fahrt hatten die Bankräuber ihre Gesichtsmasken abgenommen. Es schien ihnen egal zu sein, dass Waller sie später wieder erkennen konnte. Blutjunge Menschen. Der schwarz Gekleidete hatte eine hängende Unterlippe.

»Was machen wir mit ihm?«, fragte der Gelbe mit einer merkwürdig hellen Stimme und drehte sich um.

Waller starrte auf den Boden. Dann schaute er wieder hoch. Der Gelbe hatte das lange, goldblonde Haar am Kopf zu einem Zopf gebunden, der sich nun löste. Waller konnte es nicht glauben, der »Gelbe« war eine Frau, ein junges Mädchen! Hatte es ihn in einen schrillen Hollywood Thriller mit Gangsterdarstellern verschlagen?

Leere Coladosen, zerbröselte Kekse und eine zerknüllte Bild-Zeitung lagen unter den Sitzen herum. Schmutzig gelbe Tennisbälle kullerten hin und her.

Waller war totenbleich; er fröstelte und gleichzeitig brach ihm der Schweiß aus. Was hatten sie mit ihm vor? Man hörte in letzter Zeit viel von Geiselnehmern, die ohne Vorwarnung losballerten. Ein junges Liebespaar als Bankräuber verkleidet? Waren das die revolutionären Kräfte der modernen Ausbeutergesellschaft, die kleine radikale Minderheit von heute?

Waller versuchte, die gefesselten feuchten Hände an der Hose abzuwischen.

Es ging nicht.

Ein Gedanke krallte sich in seinem Hirn fest: Weg von hier!

Sobald der Wagen an einer Ampel anhielt, wollte er herausspringen.

2

Es roch nach Sommergewitter und Herztod. In Wallers Kopf drehte sich alles. Er hatte plötzlich Lust auf Erdbeeren mit Schlagsahne.

»Musstest du losballern wie ein Idiot?«, fragte der mit der hängenden Unterlippe. »Jetzt haben wir einen Haufen Ärger am Hals.«

»Der Blödmann war schuld, der noch rein kam«, gab die Gelbe zurück und gab unmerklich Gas. »Der musste den starken Max markieren. Die Wumme ging von allein los.«

An der Kreuzung Miquelallee/Eschersheimer Landstraße bremste die junge Frau den Wagen scharf ab, die Ampel hatte auf Rot geschaltet. Waller zerrte an der rechten Tür, aber sie klemmte. Auch die linke ließ sich nicht öffnen.

»Unser Freund will uns verlassen«, kommentierte die Gelbe. »Er kennt die Kindersicherung nicht.«

Was wollt ihr von mir, wollte Waller losschreien. Es kam aber nur ein Stöhnen aus dem verklebten Mund.

»Verstehst du, was er sagt?«, fragte der mit der hängenden Unterlippe.

»Es gefällt ihm nicht bei uns.«

»Dabei weiß er nicht, dass wir ihm einen Gefallen tun.«

»Einen großen Gefallen!«

Grün. Der Wagen fuhr weiter.

»Er hat schon viel gesehen«, sagte die Frau.

»Zuviel.«

»Wir müssen ihm die Augen verbinden.«

Der schwarze Lappen, den sie ihm brutal um die Augen banden, roch nach einer Mischung aus Benzin und Pisse. Waller hasste nichts so sehr wie Blindheit. Ein Trauma aus seiner Jugend, als man ihn in einem dunklen Raum eingesperrt hielt.

Er hatte Angst bekommen, als die beiden Figuren ihre Strumpfmasken abnahmen. So konnte er sie jederzeit identifizieren. Es war klar, dass das nichts Gutes bedeutete.

Sie fuhren nun langsam, vermutlich durch Seitenstraßen. Waller hatte das Gefühl, als wären sie wieder ins Nordend zurückgekehrt. Er ahnte, dass der Wagen gestohlen war. So dumm konnten sie nicht sein, bei einem Banküberfall das eigene Fahrzeug zu benutzen. Womöglich hatte jemand die Autonummer notiert.

Der Wagen hielt. Waller wurde aus dem Auto gezerrt und eine Treppe hinunter gestoßen. Es roch feucht und modrig, nach alter Mauer. Um ein Haar wäre er gestolpert und hingeflogen. Sie nahmen ihm die stinkende Augenbinde ab und ließen ihn im Keller allein.

Er hing beträppelt auf einer Holzbank in dem kahlen Raum, der nichts enthielt außer nackten Mauern, einer Waschmaschine und Unterhosen, Slips und T-Shirts auf einer Wäscheleine. Waller wurde apathisch. Er sah schwarze Kreise vor den Augen. Den Bankbesuch hatte er sich anders vorgestellt. Als er wieder denken konnte, schmiedete er Fluchtpläne.

Der Raum hatte ein winziges Hinterhoffenster. Zu eng, um durchzukriechen.

Waller war noch an den Händen gefesselt. Die Klebebänder vom Mund hatten sie ihm abgenommen.

»Du kannst ruhig schreien wie blöd, hier hört dich keiner«, hatte die Frau gesagt. Die beiden verzichteten inzwischen ganz auf ihre Strumpfmasken. Amateure. Sind im Grunde gefährlicher als Profis, weil unberechenbar. Wissen nicht, was sie tun.

»Wozu braucht ihr mich als Geisel, ihr habt doch die Kohle?«

»Maul halten!« Der mit der hängenden Unterlippe hatte eine Stimme wie ein Reibeisen, versoffen und kratzig.

Waller bedauerte jetzt, dass er sich nicht längst wie geplant eine Smith & Wesson besorgt hatte. Wichtige Dinge soll man nicht aufschieben. Er wusste, über welche Kanäle er an sie herankommen konnte. Die Bankräuber hatten ihn nicht mal durchsucht. Hielten ihn für ein Weichei. Einen Versager. Sogar die Armbanduhr hatten sie ihm gelassen. Es war 19 Uhr und elf Minuten. Waller hatte ein Nickerchen gehalten auf der harten Bank. Er konnte zum Glück überall schlafen. Es gelang ihm, die Handfesseln zu lösen. Angst saß tief in seiner Kehle, kam in Wellen, ebbte wieder ab. Und kam wieder. Er wartete auf den Augenblick zur Flucht.

Die Tür öffnete sich quietschend. Die Gelbe trottete herein und brachte einen Teller mit einem Käsebrot drauf, hinter ihr der Kumpan. Der Käse sah uralt aus. Vertrocknet. Immerhin hatten sie nicht vor, ihn verhungern zu lassen.

Die Frau hatte die gelbe Jacke, unter der ein rotes T-Shirt mit der Aufschrift ›Havanna‹ zum Vorschein kam, ausgezogen. Ein dünnes Mädchen, Waller schätzte sie auf höchstens Mitte zwanzig.

Waller rührte das Brot nicht an.

Sie fragte: »Wie heißt du?«, und richtete dabei eine Pistole auf ihn.

»Das geht euch nichts an!«

»Arbeitslos?«

Waller schwieg.

Die Gelbe kam zur Sache. »Wir wissen, dass du Waller heißt. Wir haben dich beobachtet. Bist ein armes Schwein. Hängst am Wasserhäuschen herum. Aber wir werden dich berühmt machen.«

Waller wollte nicht berühmt werden. »Was soll der Quatsch?«

»Wart's ab.« Sie machte eine ausholende Geste. »Du unterschreibst jetzt diesen Brief: Ich, der Arbeitslose Klaus Waller, habe gestern mit zwei Freunden die Bank am Friedberger Platz überfallen. Ich brauchte dringend Geld, weil ich meine Miete nicht mehr bezahlen konnte. Ich bin seit zwei Jahren arbeitslos, habe mich zigmal vergeblich beworben, aber die Wirtschaft hat keinen Job für mich. Und der miese Staat kürzt die Arbeitslosenhilfe. Tut mir leid, dass zwei Leute beim Überfall verletzt wurden, weil ein Bankkunde den Helden spielen musste. Ich habe 5.900 Euro erbeutet, das ist die Wahrheit, auch wenn die Bank behauptet, es wären hunderttausend gewesen. Die lügen doch immer. Ich sehe nicht ein, dass ich nach zwanzig Jahren Maloche bei den Pennern unter den Brücken enden soll, während sich die Managerbonzen gleichzeitig die Taschen voll stopfen.«

Waller konnte seine Überraschung kaum verbergen. »Was hab ihr damit vor?«

»Du wirst berühmt.«

Der schwarz gekleidete Typ, der sich bisher im Hintergrund gehalten hatte, mischte sich ein. »Du bist doch ein Altlinker, Waller. Du weißt doch, dass die Gesellschaft eine Botschaft braucht. Die Leute gieren danach.«

»Interessiert mich nicht«, sagte Waller.

Die Frau verzog die Lippen zu einem Schmollmund. »Soso, das interessiert dich nicht? Wir schicken diesen Brief an die Zeitung. Die bringen das mit Kusshand.«

»Ihr Schlaumeier!«

»Du sagst den Bullen, dass wir mit dem geraubten Geld abgehauen sind. Damit bist du aus dem Schneider.«

»Ach nein?« Wallers dünner Zopf hing ihm am Hinterkopf bis auf die Schultern.

»Wir tun ein gutes Werk für dich«, sagte das Mädchen, »machen auf die miese Lage eines Arbeitslosen aufmerksam. Du bist eine Ich-AG. Hauptbeschäftigung: Banküberfälle.«

»Und wenn ich den Brief nicht unterschreibe?«

»Bist du schon mal gefoltert worden?«

Sie zog ein Jagdmesser aus der Hosentasche und strich mit der Fingerkuppe über die scharfe Klinge. »Das kitzelt schön.«

Waller wurde wütend. »Das ist schlechter Stil!«

»Um Stilfragen geht's hier nicht. Wir können das Programm ändern. Wir knallen dich einfach ab.«

»Dazu seid ihr zu feige.«

»Peng!«

»Ihr könnt mich mal, ihr Spinner, ihr sahnt die Kohle ab, und ich soll dafür geradestehen.«

»Überleg's dir gut, Waller. Du hast eine Stunde Zeit. Dann kommen wir wieder.«

Die beiden verließen den Waschraum und schlossen die Tür ab. Waren das die Revoluzzer des Postpostkapitalismus?

Waller begriff, dass er in der Falle saß. Wenn er den Brief unterschrieb, war das ein Schuldeingeständnis. Das zu widerrufen, würde schwer fallen. Außerdem war er ja zum Zeitpunkt des Überfalls tatsächlich in der Bank gewesen. Dafür gab es Zeugen. Die mussten gesehen haben, dass er als Geisel bedroht und mitgenommen worden war. Doch mit Zeugenaussagen war das so eine Sache. Was, wenn sie etwas anderes aussagten oder gesehen hatten?

Als wäre Arbeitslosigkeit nicht schon beschissen genug, drohte ihm als arbeitslosem Bankräuber nun auch der Knast. Kein Job, keine Kohle, keine Frau.

Das Paar wollte ihn mit einer Zirkusnummer zum Clown machen.

Er musste irgendwie aus der Kiste heraus. Schnell. Aber wie?

Flucht schien der einzige Ausweg.

ZWEITES KAPITEL: MERTON

Die Geschwindigkeit des Projektils – sie ist
bei großer Kälte stets vom Zielobjekt bestimmt,
vom Drang der Kugel, die sich herzwärts frisst
JOSEPH BRODSKY

3

Ich sah aus dem Fenster auf eine leere Straße. Urlaubszeit in Frankfurt. Eine graue Katze schlich vorsichtig durch die Vorgärten. Blaue Streifen überzogen den Himmel an diesem hellen Sommermorgen, gelbe Wolkenfetzen schoben sich drüber. Ein frischer Wind fuhr durch die Straßen. Der Wetterbericht hatte einen schönen Tag im Juli angekündigt, bald würde es heiß werden.

Ich lebte in der Vergangenheit, in der verlorenen Beat Generation und den Beatniks und blätterte in einem Gedichtband von Allen Ginsberg.

Lasst einen traurigen Trompeter stehn
Bei Dämmerung auf leeren Straßen
und blasen den Silberrefrain für die
Gebäude von Times Square ...

Das Telefon holte mich in die Gegenwart zurück.

»Ist dort Peter Merton?«, fragte eine harte Männerstimme, ehe ich mich melden konnte.

»Mit wem spreche ich?«

»Roderich Lugner.«

»Worum geht's?«

»Privatdetektiv Peter Merton?«

»Ja.«

»Ich habe einen Auftrag für Sie. Kann ich vorbeikommen?«

»Wann?«

»In zwanzig Minuten.«

Er klang wie jemand, der bös in der Klemme steckte, aber nicht sicher war, ob er sich einem Detektiv anvertrauen oder das Problem selber regeln sollte.

Die Blätter der Palme im Büro begannen sich zu verfärben. Ich beschloss, sie zu gießen, vergaß es aber sofort wieder. Seit meine Sekretärin Melanie gekündigt hatte, duftete es nicht mehr nach Maiglöckchen, stattdessen roch es nach Staub, Leere und Lethargie.

Seit der allgemeinen Krise sah es finster aus für einen Privatdetektiv. Kaum Aufträge, es sei denn, man ließ sich auf Objektschutz ein. Wohnungen, Garagen und Firmen der Superreichen bewachen. Diese Jobs werden einem nachgeschmissen. Auf der Lauer liegen, damit keiner den Alfa Romeo klaut oder in der Luxusvilla den Safe knackt und die Designermöbel zerkratzt.

Diese Aufträge habe ich bisher abgelehnt. Das ist genau so, wie wenn du von der Mordkommission wieder zum Streifendienst versetzt wirst.

Nach zwanzig Minuten schlenderte ein bulliger Mensch im gestreiften Anzug zur Tür herein. Blaues Hemd und gepunktete Fliege. Ich wusste sofort, dass ich ihn nicht mochte.

Ein schmallippiger Mann mit buschigen Augenbrauen und Gel im schwarzen Haar. Etwas war merkwürdig an ihm. Dann begriff ich, es war sein Zirkusdirektorenbart, ein dichter, schwarzer Schnauzer mit den Enden nach oben gezwirbelt. Seine dunklen Augen erinnerten an erloschene Blitze, die er jederzeit wieder anknipsen konnte. Vermutlich trug er knallgelbe Unterhosen und fuhr einen roten Porsche.

»Lugner«, sagte er, setzte sich auf den Stuhl gegenüber meinem Schreibtisch und reichte mir seine Visitenkarte: Roderich W. Lugner, Marketingberater stand darauf und eine Adresse. Er beobachtete meine Finger, mit denen ich über die kleine Porzellanfigur auf meinem Schreibtisch fuhr, eine Napoleonbüste.

Das gegenseitige Misstrauen war körperlich spürbar. Er war einer jener Typen, die immer oben schwimmen, egal wie die Welt sich dreht.

»Haben Sie von dem Banküberfall gehört?«, fragte er.

»Am Friedberger Platz? Sicher.«

»Dieser Überfall ... Ich muss das erklären«, er hüstelte, »... hm, die Polizei ...«

Ich wartete.

»Es ist so«, setzte er neu an, »meine Lebensgefährtin Marietta wurde bei dem Überfall angeschossen. Sie liegt im Krankenhaus.«

Ich wusste noch immer nicht, worauf er hinauswollte. Er hatte sich jetzt in der Gewalt und kam schnell zur Sache. »Ich möchte in dieser Angelegenheit einen Privatdetektiv beauftragen.«

»Womit?«

»Die Verbrecher müssen schnellstens gefasst werden.« Sein Tonfall klang hart, fast aggressiv.

»Ist das nicht Aufgabe der Polizei?«

»Der traue ich wenig zu.«

Verbrecher! Ich finde Bankräuber per se nicht so unsympathisch, wenn es unblutig abläuft. Es war aller-

20

dings nicht unblutig gelaufen. Soweit ich es im Fernsehen flüchtig mitbekommen hatte, waren die Typen abgetaucht, ohne eine Spur zu hinterlassen. Clevere Burschen. Ich konnte mich nicht aufraffen, den Fall zu übernehmen, brauchte aber dringend einen Auftrag. Doch musste es dieser arrogante Schnösel sein? Konnte man nicht auch stilvoll verarmen?

»Im Fernsehen war von zwei Bankräubern die Rede?«

»Es gibt noch einen dritten Mann«, sagte er.

Der dritte Mann? Ich sah Orson Welles vor mir, wie er den Kanaldeckel im Nachkriegs-Wien hob, um aus der Unterwelt hochzukriechen.

»Steht heute in der Zeitung«, sagte er, »eine Geisel. Soll der Anführer der Bankräuber sein.«

»Die Geisel?« Das kam mir verdreht vor, irgendwas stimmte nicht. »Ist Ihre Freundin schwer verletzt?«

»Die Kugel hat das Herz zum Glück knapp verfehlt. Marietta musste operiert werden.«

»Wo liegt sie?«

»Im Bürger Hospital.«

Ich kannte das Krankenhaus gut und dachte unwillkürlich immer, wenn es genannt wurde, an den Arzt und Mäzen Dr. Johann Christian Senckenberg, dem Frankfurt diese Klinik zu verdanken hat. Der Name ist jedem in Frankfurt ein Begriff. Ich fragte:

»Kann ich mit ihr sprechen?«

Roderich W. Lugner zögerte. »Ich denke, dass das möglich sein dürfte. In einigen Tagen vielleicht.«

»Wie heißt sie mit vollem Namen?«

»Marietta Helbig.«

»Wissen Sie, wer den Fall bei der Polizei bearbeitet?«

»Ein Kommissar Lehmann.«

Das gefiel mir nicht. Lehmann war unzugänglich und verstockt, ein sturer Bock. Und ich das rote Tuch für ihn. Nach drei Sekunden Bedenkzeit beschloss ich, in Zeiten wie diesen doch nicht stilvoll zu verarmen.

»Ich muss dazu sagen, dass mich ein schlechtes Gewissen plagt«, bekannte Montag überraschend. »Marietta und ich, wir haben uns an diesem Morgen gestritten, und dann sagte sie, ’wenn du mir das Geld nicht leihen willst, nehme ich eben einen Kredit auf’. Dann rannte sie los zur Bank.«

»Verstehe: Wenn Sie Ihr Geld geliehen hätten ...«

Er nickte. »Ja. Dann wäre sie nicht in den Überfall reingeraten.«

Bekam er etwa menschliche Züge? Er schien doch kein so übler Bursche zu sein wie ich gedacht hatte. Oder er war nur ein guter Schauspieler?

»Ich übernehme den Fall. Mein Honorar beträgt hundertfünfzig am Tag plus Spesen.«

Roderich W. Lugners Gesicht hellte sich auf, leuchtete wie eine karge Mondlandschaft, auf die Sonnenstrahlen fallen.

»Nehmen Sie einen Vorschuss?«

»Zweitausend.«

Er zog wie ein Zuhälter ein Bündel Banknoten aus der Jackentasche, zählte Scheine ab und schob sie über den Schreibtisch.

»Ich melde mich, sobald ich was über die Bankräuber herausgefunden habe«, sagte ich.

»Diese Typen sind kaltblütig, die schießen ohne Vorwarnung.«

»Danke für den Hinweis.«

»Ich gehe davon aus, dass Sie den Verbrechern schnell auf die Spur kommen.« Er senkte den Kopf wie ein besorgter Liebhaber, dessen junge Geliebte Opfer eines grausamen Verbrechens geworden war.

Es überzeugte mich nicht.

»Tequila?« Ich habe immer eine Flasche von dem Zeug für bestimmte Kunden da.

Er grinste kalt und schüttelte den Kopf. »Ein andermal.«

Der Mann erinnerte mich an Peter Lorre in Casablanca, als er Humphrey Bogart bat, die geklauten Flugtickets für ihn zu verstecken. Was war es, das ich für ihn verstecken sollte?

Nachdem Lugner gegangen war, verließ ich das Büro und bummelte durch den Bethmannpark mit seinen Teichen, Tempeln und chinesischen Drachen. Bis auf ein junges Liebespaar war niemand da.

Der Park ist ein guter Flecken, um die Gedanken zu ordnen und einen Happen frische Luft zu schnappen.

Er gehörte einst zum Garten des Bankiers Bethmann und ihrer Familie. Das im Jahr 1748 gegründete Geldinstitut war eine der ältesten Privatbanken Frankfurts. Die Bankiers Bethmann zählten zu den Mäzenen der Stadt, die besonders das Kulturleben förderten. Die Bank gewährte auch dem Mittelstand Kredite. Die größenwahnsinnigen Banken in den Hochhaustürmen von heute dagegen empfanden den »kleinen Mann« als lästiges Übel, das man sich durch überhöhte Zinsen vom Leib hält. Sie bevorzugten die Konzerne.

Auch die Bethmannbank hat die Globalisierung nicht verschont. Der Baron von Bethmann verkaufte seine Bank, sie gehört inzwischen der niederländischen ABN AMRO-Group.

Jagd auf Bankräuber schien mir eine neue Herausforderung.

Aber etwas gefiel mir nicht an dem Auftrag.

Ich ahnte, dass es besser gewesen wäre, ihn nicht anzunehmen.

4

Ich liebe alte Hollywoodfilme mit Humphrey Bogart, Robert Mitchum oder Barbara Stanwyck. In diesen Gangsterfilmen, meist schwarz-weiß, trägt der Privatdetektiv einen Trenchcoat und einen Borsalino. Er bewegt sich am Rande der Gesellschaft, besitzt eine Waffe und kennt alle hässlichen Tricks: Wie man einen Verfolger abschüttelt, einen Lockvogel benutzt oder ein Schließfach knackt. Er ist der Gegenspieler des Outlaws und hat zusätzlich die Polizei gegen sich.

In meinem Fall war das anders. Ich kannte eine ziemlich attraktive Polizistin, die mir einen Gefallen schuldete.

Zurück im Büro rief ich beim Polizeipräsidium in der Adickesallee an und ließ mich mit Lisa Maler von der Mordkommission verbinden, einer jungen Frau, die es in kurzer Zeit vom Streifendienst zur Kommissarsanwärterin gebracht hatte.

»Merton«, meldete ich mich.

»Hallo, Peter!«

»Lisa. Und?«

»Geht so. Wie laufen die Geschäfte?«

»Bescheiden. Und die Liebe?«

»Na ja, wir trennen uns gerade.«

Bei Lisa das Übliche. Sie hat schwarze Augen mit grünlichen Pünktchen und eine Haut wie Samt und

Seide, erinnert an einen französischen Filmstar, der Name ist Juliette Binoche oder so ähnlich. Meine Beziehung zu Lisa Maler hat Ähnlichkeit mit einem Vater-Tochter-Verhältnis. Sie verliebt sich jedes Mal in den Falschen, berichtet mir nach der Trennung alles haarklein und ich muss das Unglück dann mit allen Details ausbaden. Lisa sollte keine Polizistin sein wie ihr richtiger Vater, der im Dienst erschossen wurde.

»Dann hab ich ja wieder Chancen?«, scherzte ich.

Sie lachte. »Was willst du?«

»Ich brauch deine Hilfe. Der Banküberfall ... das Protokoll ...«

»Ich ahne es schon«, unterbrach sie mich, »mit Hauptkommissar Lehmann willst du nicht reden.«

»Woher weißt du das?«

»Ich kenne dich. Du steckst deine Nase mal wieder in Sachen und wirst uns nur Ärger ...«

»Ein Privatdetektiv muss auch leben, Lisa.«

»Den Spruch hab ich erwartet«, sagte sie. »Aber du kannst mich nicht immer als Auskunftsbüro ...«

»Lisa, noch ein letztes Mal!«

Wir verabredeten uns im Strandcafé. Ich legte auf und pfiff »I did it my way« von Frank Sinatra vor mich hin.

Das herb riechende Rasierwasser von Roderich W. Lugner schwebte als Duftmarke noch im Büro. Aus dem Nachhall seiner Stimme glaubte ich jetzt einen osteuropäischen Akzent herauszuhören.

Wieso war mir das nicht gleich aufgefallen?

Lisa Maler trank am hintersten Tisch einen doppelten Espresso, als ich ins Strandcafé kam. Sie blätterte in der »taz« und saß da wie gemalt, das lange, schwarze

Haar quoll unter ihrer Mütze hervor. Ihre dunklen Augen beschleunigten meinen Puls. Eine Polizeibeamtin sollte nicht so umwerfend aussehen, damit wurde sie zur öffentlichen Gefahr. Ich konnte sie vor Jahren mal aus einer misslichen Lage befreien. Als bei einer Festnahme ein pickliger Ladendieb mit dem Messer auf sie einzustechen versuchte, war ich zufällig vor Ort, konnte den Kerl von hinten packen und ihm die Arme auf den Rücken drehen.

Lisa Maler lächelte, als ich mich zu ihr setzte. Ich wollte ihr einen Kuss auf die Wange hauchen.

»Ich bin im Dienst«, wehrte sie ab und zog eine Kopie mit Fotos aus der Tasche. Die Kopie war dünn, enthielt aber alles Wesentliche. Den Ablauf des Überfalls, die Aussagen der Bankkunden und der Angestellten. Und die Aufnahmen der Überwachungskamera in der Bank, jedes mit der aufgedruckten Uhrzeit in der rechten unteren Ecke, alles in schwarz-weiß. 11 Uhr, 4 Minuten und 3 Sekunden: Einer der Bankräuber hält dem Kassierer eine Waffe vor die Nase. 11 Uhr, 5 Minuten und 45 Sekunden: Ein zweiter Bankräuber schießt im Stolpern auf eine am Boden liegende Kundin. Dunkle Blutflecke. 11 Uhr, 7 Minuten und 8 Sekunden: Fluchtbewegung der Täter Richtung Ausgang.

Die Bankräuber hatten den »dritten Mann« als Geisel genommen, wie ich von Lugner erfahren hatte. Weitere Details wusste ich nicht.

»Eigentlich darf ich das nicht«, sagte Lisa.

»Ich weiß. Habt ihr schon eine Spur?«

»Noch nicht.«

»Bei Geiselnahmen kommt ihr doch meist zum Zug?«

»Die Typen waren unglaublich schnell, der Überfall hat genau drei Minuten und fünfundfünfzig Sekunden gedauert. Bis wir kamen, waren sie über alle Berge.«

»Profis?«

»Möglich.«

»Was hat die Videoüberwachung ergeben?«

»Die Männer trugen Strumpfmasken.«

»Fingerabdrücke? Fußspuren?«

»Werten wir noch aus.«

»Was ist mit der Geisel?«

Lisa sah mich erstaunt an. »Hast du die Zeitung heute noch nicht gelesen?«

»Nur flüchtig. Wieso?«

Ich war an diesem Morgen schlecht gelaunt erwacht. Im Haus nebenan wurde seit Monaten renoviert. Meistens kamen die Bauarbeiter um sieben Uhr früh und begannen zu bohren und zu hämmern. Genau neben meinem Schlafzimmer. Oder sie warfen schwere Eisenstangen mit klirrendem Krach von einem Laster. An diesem Morgen hatten sie ein neues Geräusch auf Lager, einen quietschenden Klageton, als würde eine Katze gequält. Ich war ins Büro geflüchtet, wo mich dieser Lugner überrumpelt hatte.

»Die Geisel, ein Bankkunde namens Waller, soll angeblich der Kopf der Bankräuber gewesen sein.«

»Komisch, nicht wahr?«

Lisa nickte. »Das sehe ich auch so. Lies mal die Zeitung. Waller ist ein Arbeitsloser, der angeblich ein Zeichen setzen wollte.«

»Du machst Witze! Was für ein Zeichen? Wo steckt er jetzt?«

»Unauffindbar. War nicht in seiner Wohnung.«

»Wie viel Geld haben sie erbeutet?«

»Hunderttausend.«

»In drei Minuten? Ist da nicht was faul?«

»Ja. War in der Kasse und im Tresor. Angeblich sollten größere Auszahlungen an diesem Tag vorgenommen werden.«

»Könnte jemand von der Bank mit den Gaunern unter einer Decke ...?«

»Daran haben wir auch schon gedacht.«

»Gab's eine Schießerei?«

»Ja. Eine Bankkundin wurde schwer verletzt.«

Ich weiß, Marietta Helbig, Lugners Freundin.

»Habt ihr sonst noch was gefunden?«

»Das hätte ich beinahe vergessen«, sagte sie, »wir fanden einen Lippenstift im Schalterraum. Merkwürdigerweise gehörte er weder einer Kundin noch einer Bankangestellten.«

»Hm. Das könnte bedeuten, dass einer der Bankräuber eine Frau war?«

»Wäre möglich.«

»Marke?«

»Essence 20 Wild Thing. Die Farbe ist dunkelrot, changiert zwischen Braun und Lila.«

»Eine gute Marke?«

»Nein, eher ein No-Name-Produkt. Ziemlich billig.«

»Noch einen Kaffee?«

»Nein, danke.« Sie zögerte einen Moment, dann fragte sie, »wer ist dein Auftraggeber?«

»Du weißt, dass ich das nicht sagen kann.«

»Ich hoffe sehr, du pfuschst uns nicht ins Handwerk.«

Sie stand auf.

»Vielen Dank, Lisa. Das hast was gut bei mir.«

»Was ich hier mache«, sagte sie, »ist eigentlich unmöglich. Wenn's rauskommt, wird es mich den Job kosten. Damit sind wir jetzt quitt. Bitte frag mich nie wieder was.«

»Okay. Sehen wir uns mal außerhalb der Dienstzeit?«

»Meinst du, dass das eine gute Idee ist?« Dann lächelte sie. »Aber warum nicht. Du kannst mich ja mal privat anrufen.«

Das werde ich tun, Lisa. Aber als Nächstes werde ich mir die Bankangestellten und die Bankkunden vornehmen. Und Frau Helbig im Krankenhaus. Falls sie vernehmungsfähig ist.

DRITTES KAPITEL: WALLER

Man weiß von vornherein, wie es verläuft.
Vor morgen früh wird man bestimmt nicht munter.
Und wenn man sich auch noch so sehr besäuft:
Die Bitterkeit, die spült man nicht hinunter.
ERICH KÄSTNER

5

Allein im Keller hatte Waller viel Zeit zum Nachdenken.

Vor einem Tag noch glaubte er, sein Leben in den Griff zu kriegen. Alles wird gut, wie die Fernsehfee immer sagte. Doch unversehens drehte er sich mit im Bankräuberkarussell und saß im schwarzen Loch. Seine Bewegung war ein Gehen ohne Vorankommen, die herabstürzende Sonne erlosch, ließ ihn blind werden. Angst überfiel ihn, er zitterte innerlich, sein Magen verkrampfte sich.

Er mochte den Glas- und -Betonbau in der Fischerfeld-Straße nicht, in dem es in den Fluren miefte, trotz des gewienerten Bodens. Jugendliche spielten vor der Agentur für Arbeit, wie das Arbeitsamt nun hieß, mit Geschrei Fußball. Die Kugel flog mit scharfem Luftzug knapp an seinem Schädel vorbei an diesem heißen Sommertag.

Seine Sachbearbeiterin, Frau Renate Schmöller, war effektiv im Kopfschütteln. Ihr Gesicht erinnerte Waller an einen Flachbildschirm, aus dem eine rosa Hornbrille hervorstieß. Sie vermittelte ihm statt eines Jobs das Gefühl, als sei er persönlich schuld an seiner Misere. Frau Schmöller war geistig in den neunziger Jahren stehen geblieben, als angeblich die Begriffe links und rechts nicht mehr existierten, sich der Vulgärkapitalismus nicht mit Rechtfertigungen aufhielt.

Waller hatte seine Arbeitslosigkeit noch nicht verinnerlicht. Aber er registrierte, dass die Linken heute rechts und die Rechten links waren. Sofern man die alte Schlachtordnung noch gelten ließ.

Von seinen neunzig Bewerbungen waren bis auf zwei alle zurückgekommen. Zweimal durfte er sich vorstellen. Beim ersten Gespräch war er in der engeren Auswahl, dann machte ein Jüngerer das Rennen. Bei der zweiten Vorstellung in einem chromblitzenden Büro saß er dem Personalchef mit dicker Hornbrille und Halbglatze gegenüber. Man führte ein langes Gespräch mit ihm. Am Ende hieß es, eigentlich suche man niemand, aber für den Fall, dass ein Platz frei würde, könne man ihn auf die Warteliste setzen.

Waller hatte auch Aushilfsjobs angenommen, als Kellner, Kurierfahrer oder Aushilfskoch. Es brachte ihn nicht weiter. Einen Job als nächtlicher Online-Redakteur schnappte ihm ein Jüngerer weg. Wochen später erfuhr Waller, dass der Mann teilweise erblindet war. Stundenlanges Auf-den-Bildschirm-Starren in der Nacht hatte das linke Auge ruiniert.

Waller fror. Das schwarze Loch wurde größer.

Um zehn Uhr marschierten die Bankräuber wieder in den Kellerraum. Der Typ hantierte mit einer Pistole und das Havanna-T-Shirt-Mädchen zerrte ein zerknittertes Blatt Papier aus seiner Jeanstasche. Waller kannte die mit Computer geschriebene Botschaft.

»Da wirst du brav deinen Namen druntersetzen!«

»Und wie? Ich bin gefesselt!«

Sie drückten ihm einen Kugelschreiber in die Hände.

»Mit etwas gutem Willen geht das schon.«

Die Nichtsnutze kamen sich schlau vor, waren aber Amateure.

»Nach einer Stunde kommt Charlie …«

»Keine Namen«, flüsterte die Frau heiser.

»… und holt das Papier ab.«

Eine aggressive Stimmung lag in der Luft.

»Ihr könnt mich mal«, murrte Waller.

»Was war das?«

Der mit der hängenden Unterlippe ließ die Pistole in der Hand herumwirbeln wie im Western. Er machte es geschickt, pfiff vor sich hin. Er hatte schief stehende Zähne. »Denk nach, ehe du einen Fehler machst.«

»Eure Bonnie-und-Clyde-Nummer wird in die Hose gehen.« Waller ertappte sich überraschenderweise bei dem Gedanken, dass sie ruhig gelingen dürfte, wenn er heil aus der Sache herauskäme.

Das Paar ging.

In der Nacht schlief Waller schlecht. Eigentlich gar nicht. Er versuchte, an nichts zu denken, aber es ging nicht.

Im ersten Jahr war er immer gestriegelt und frisch gebügelt ins Arbeitsamt getrabt. Das gab er bald auf. Später trug er ausgelatschte Treter zu seinem unrasierten Gesicht, in dem die Bartstoppeln kreuz und quer standen.

In der Zeitung hatte Waller gelesen, dass die Zahl der Milliardäre in Deutschland in einem Jahr um zehn Prozent gestiegen war.

Es gelang ihm nach langen Dehnübungen, die Fesseln zu lockern und dann zu lösen. Im Keller wurde es kühler. Es roch nach alter Mauer und Moder. Erst gegen Morgen dämmerte er weg. Im Halbschlaf hörte er Schritte und war sofort hellwach. Er rappelte sich hoch und stellte sich hinter die Tür. Sie wurde einen Moment später geöffnet und ein schmächtiger Typ spazierte herein. Waller hieb ihm seinen Wohnungsschlüssel von hinten auf den Kopf. Der Bursche fiel mit einem Ächzen auf den steinigen Kellerboden. Es war vermutlich dieser Charlie. Waller fand in der Hosentasche des Jungen einen Schlüsselbund. Es tat ihm leid, dass er so hart zugeschlagen hatte, denn der Knabe war höchstens fünfzehn und dünn wie ein Handtuch. Er hatte eng zusammenstehende Augen, die jetzt geschlossen waren. Ein trauriges Gesicht. Waller hob den Jungen hoch und legte ihn auf die Holzbank, auf der er geschlafen hatte.

Dann verließ er den Waschraum. Der Gang führte zu einer großen Eisentür, die geschlossen war. Waller öffnete sie mit einem der Schlüssel, stieg die Stufen hoch und konnte durch das Treppenhaus die Straße betreten. Das sah nach der Elkenbachstraße aus, er befand sich, wie er vermutet hatte, noch im Nordend.

Draußen war heller Morgen.

6

Waller zögerte, in den Keller zu dem Jungen zurückzukehren. Er spürte, dass ihn dort etwas Dunkles erwartete. Oben war die Sonne, die frische Morgenluft, lachende Kinder auf dem Weg zur Schule. Die Freiheit. Unten lauerte das Fremde. Das Morbide. Die Finsternis. Aber etwas zwang Waller in die Tiefe, in den Keller zurück.

Der Junge öffnete die Augen und sah einen Mann, der sich über ihn beugte.

»Hallo, Charlie!«

Der Junge rührte sich nicht.

»Stellst du dich tot?«

»Sie haben mir mit einer Eisenstange den Schädel eingeschlagen«, stöhnte Charlie.

»Wo ist hier eine Eisenstange?«

»Mein Kopf ist zerklumpt!« Der Junge griff sich in die Kopfhaare, sah Blut an seinen Fingern. »Ich hab eine schwere Gehirnerschütterung.«

»Das wird eine Beule geben und morgen spürst du kaum noch was.«

Waller verhörte Charlie. Der Junge wollte seine Freunde nicht verpfeifen. Erst als er ihm drohte, ihn der Polizei wegen Beihilfe zum Bankraub zu melden, wurde der Junge mitteilsamer und Waller erfuhr die Namen des Räuberpaars. Die Frau hieß Svende Kunstmann und der mit der hängenden Unterlippe Sascha Breuer. Charlie wollte nicht verraten, wohin sie geflohen waren. Er redete auch über seine Familie. Waller mochte den Jungen jetzt. Dort, wo andere ein Loch haben, hast du ein Herz, dachte er. Wurde er sentimental? Das Abenteuer hatte Charlie den Bankräubern in die Arme getrieben.

»Wo haben deine Freunde gewohnt?«

»Im Parterre.«

Waller wollte die Wohnung sehen. Charlie weigerte sich zuerst, ihm die Bude zu zeigen, wurde dann zahm wie ein Schoßhund. Er gab ihm den Wohnungsschlüssel.

»Was sind deine Freunde von Beruf?«

»Studenten.«

»Was haben sie studiert?«

»Sascha BWL und Svende Kunst. Arbeitslose Studenten halt.«

Kollegen, aber cleverer als ich, dachte Waller.

»Sie planten das perfekte Verbrechen«, sagte Charlie nicht ohne Stolz. »Sie sind noch in der Nacht auf ihrer Yamaha davon gedüst.«

»Wohin?«

»Weiß ich nicht. Kipper blieb noch eine Stunde da.«

»Wer ist Kipper?«

»Der Kumpel von ihnen. Er wohnt ...«

»Wo wohnt er?«

»Irgendwo in Wiesbaden. Weiß nicht genau.«

»Wir heißt er mit Vornamen?«

»Michael.«

»Hat er was mit dem Banküberfall zu tun? Vielleicht hat er ihn ausbaldowert?«

»Keine Ahnung.«

»Sascha und Svende haben keine Andeutung gemacht über ihre Flucht?«

»Nein, nichts.« Charlie biss sich auf die Unterlippe und schüttelte den Kopf.

»Du hast nichts davon, wenn du zu ihnen hältst. Die haben dich verarscht. Und mich auch.«

»Scheißbanken.« Charlies Gesicht war käseweiß und traurig.

Er blieb eigensinnig.

»Hör mal, deine Freunde sind Verbrecher. Mörder. Sie haben wahrscheinlich eine Frau erschossen. Sie lag neben mir in ihrem Blut.«

»Davon weiß ich nichts«, murmelte er undeutlich.

»Das ist ja auch nicht dein Problem. Aber du musst mir alles sagen, was du weißt.«

»Ich weiß nicht, wohin sie gefahren sind.«

Waller glaubte ihm allmählich.

»Den Text haben sie der Zeitung per E-Mail geschickt, heute Nacht vom Internet-Café aus. Die ahnten, dass du ihn nicht unterschreiben würdest.«

»Ich melde mich bei dir«, sagte er zu Charlie und wollte den Raum verlassen.

Mit lautem Klirren wurde das winzige Kellerfenster eingeschlagen und der Lauf einer Kalaschnikow erschien.

»Achtung!« schrie Waller und warf sich auf den Boden.

Eine Salve von Schüssen hallte durch den Raum. Wäsche wurde zerfetzt. Charlie sank zusammen wie eine Marionette. Er lag still und verkrümmt da, rührte sich nicht mehr, bedeckt von einem blutigen Hemd, das von der Wäscheleine gefallen war. In seiner Stirn war ein Loch.

Dann war Stille.

Waller kroch vorsichtig auf allen vieren aus der Kellerecke in den Flur. Drückte sich an eine dunkle Wand. Er verharrte lange Zeit regungslos. Lugte noch mal in den Keller. Er zitterte heftig. Der Schweiß lief ihm über den Rücken. Dem Jungen war nicht mehr zu helfen. Waller musste unbemerkt aus dem Haus herauskommen.

Er lauschte.

Nichts.

Vielleicht hatte es der Todesschütze nicht auf Charlie abgesehen, sondern auf ihn. Der Mörder hatte seinen Fehler aber noch nicht bemerkt. Was konnte er von dem harmlosen Jungen wollen?

Waller wartete. Er rührte sich nicht. Niemand kam. Er hörte einen Wagen wegfahren. Dann riskierte es er und stieg hastig die Treppe hoch, verließ das Haus. Er ging normal wie ein beliebiger Fußgänger.

Nichts geschah.

Waller konnte das Zittern seiner Hände nicht unterdrücken.

Eine grelle Sonne überfiel ihn. Er taumelte. Nichts war mehr so, wie es einmal war.

7

Waller war innerlich taub, als sei alles Leben aus ihm gewichen.

Er wollte nicht an den toten Charlie denken. Der Junge war in den Kopf getroffen worden. Was, wenn er doch nicht tot war? Die mörderische Angst, die ihm im Keller die Kehle zugeschnürt hatte, wich nur langsam.

Waller erschrak erneut, als er in seiner Hosentasche den Schlüssel zur Wohnung der Bankräuber fühlte.

Er betrat eine Telefonzelle und wählte die Notrufnummer 112.

»Schrecklicher Unfall in der Elkenbachstraße 37 im Keller. Bitte kommen Sie sofort. Der Junge verblutet«, sagte Waller. Die Stimme versagte ihm. Er legte schnell auf, ehe jemand eine Frage stellen konnte.

Mehr konnte er nicht tun. Mit der Polizei wollte er nichts zu tun haben.

Automatisch kaufte er sich auf dem morgendlichen Weg zu seiner Wohnung in der Kantstraße eine Tageszeitung. Was er da im Gehen las, gefiel ihm nicht. Der Lokalteil machte mit einer blutroten Schlagzeile auf:

»Dreister Bankraub im Nordend.« Im Untertitel stand: »Arbeitsloser will auf sich aufmerksam machen – als Geisel getarnt, überfiel er mit zwei Komplizen eine Bank«. Es folgte die Story des Überfalls mit Aussagen von Zeugen und schließlich sein angebliches E-Mail an die Zeitung. Der Journalist machte auf ein paar Ungereimtheiten aufmerksam. Es erschien ihm unlogisch, weshalb der Kopf der Bande, der Arbeitslose Klaus W., sich als Geisel tarnen sollte?

Waller nickte, als er das las. Dann begriff er, dass er nicht nach Hause gehen konnte. Dort wartete todsicher bereits die Staatsmacht auf ihn. Gegenüber dem Mietshaus, in dem er wohnte, entdeckte er einen Wagen, in dem eine schläfrige Figur saß. Der Bulle trug keine Uniform und gähnte vor sich hin. Er war jung und ein Pickel zierte seine Nase. Waller betrachtete ihn aus der Nähe, sah ihm ins Gesicht. Der Mann glotzte zurück, schien ihn aber nicht zu erkennen. Waller ging kopfschüttelnd weiter.

Charlie hieß mit vollem Namen Charlie Hasenfurter und hatte im zweiten Stock bei der Mutter und dem Stiefvater den er verachtete, gelebt. Die Mutter rackerte den ganzen Tag, arbeitete nebenbei als Aushilfskraft in einer Wäscherei, während der »Alte« Bier soff, lustlos auf der Couch lag und Pornohefte las. Charlie hatte sich wohl deshalb mit dem halbseidenen Päärchen im Parterre angefreundet, um dem Stiefvater aus dem Weg zu gehen. Das hätte er lieber nicht tun sollen.

Im »Café Kante« bestellte Waller einen Cappuccino mit Blaubeermuffins. Er sah drei Möglichkeiten. Erstens: Sich der Polizei stellen und hoffen, dass sie ihm glaubten. Zweitens: Bei Freunden untertauchen. Drittens: Warten, bis die Bullen den Mörder von Charlie und die wirklichen Bankräuber gefasst hatten.

Er konnte sich für keine der drei Varianten entscheiden. Sie erschienen ihm alle unbrauchbar, besonders die letzte. Clever wie das windige Ganovenpaar vorgegangen war, würde die Polizei die Zwei vielleicht nie schnappen. Aber Waller wollte nicht ewig davonlaufen wie Richard Kimble auf der Flucht.

Und wer hatte Charlie erschossen?

War es dieser Kipper?

Es musste einen anderen Ausweg geben. Aber so sehr er sich das Hirn zermarterte, es fiel ihm nichts ein.

Waller verließ das Café und wanderte umher, quer durch das Nordend bis zum Rondell des Alfred-Brehm-Platzes vor dem Zoo. Er setzte sich auf eine Bank und dachte daran, mal wieder die Tiere zu besuchen und sich an den langen Hälsen der Giraffen aufzurichten.

An einem Wasserhäuschen trank er ein Bier.

Eine Frau ging vorbei mit einer Bild-Zeitung in der Hand. »Dreister Banküberfall mit falscher Geisel«, las Waller die fette Überschrift.

Er folgte einem Drang, dem er nicht widerstehen konnte. Ohne zu wissen, wohin er seine Schritte lenkten, stand er plötzlich in der Herbartstraße, an der Ecke zur Elkenbachstraße. Er wehrte sich innerlich dagegen, seinen Kopf gegen die Hauswand zu schlagen, bis er blutete.

Er rührte sich nicht, blieb steif stehen wie eine Marionette.

Schon von Weitem sah er die Gaffer, das Polizeiauto und einen Rettungswagen vor dem Haus. Er wagte sich näher heran, sah einer dicken Frau über die Schulter.

»Schrecklich«, jammerte jemand, »der arme Charlie Hasenfurter ... war so ein netter Junge.«

Zwei Männer trugen eine Bahre hinaus. Waller spürte einen Klumpen im Magen. Er schluckte heftig. Anders als beim Banküberfall fühlte er sich diesmal schuldig. Als hätte er den Tod des Jungen herbeigeführt. Er sah, wie sich alles rot verfärbte, die Menschen, die Straße, der Himmel. Die grünen Polizeiwagen. Charlie hatte neben ihm gestanden wie ein großes unschuldiges Kind. Er hätte ihn zu Boden reißen müssen, dann würde er noch leben. Ein Schwindelgefühl befiel ihn. Er glaubte, die Gaffer um ihn herum müssten sehen, dass er schuldig war.

Waller weinte lautlos.

Er hatte versagt. Er musste schnell verschwinden, ehe ihn jemand erkannte.

Er ging neben sich her.

VIERTES KAPITEL: MERTON

Das Erscheinen dieser Gesichter in der Menge
Blütenblätter auf einem nassen, schwarzen Ast
EZRA POUND

8

Die vollschlanke Dame begrüßte mich in der Bank mit:
»Was kann ich für Sie tun?«

Celestine Blaschke war die Leiterin der Zweigstelle.
Ihr kurz geschnittenes angegrautes Haar erinnerte an
einen Igel. Sie saß in einem schmucklosen Büro und
war wenig auskunftsfreudig und aalglatt. Nach dem
Gespräch mit ihr konnte ich verstehen, weshalb Bürger
Banken überfallen. An ihr prallte jede Frage ab wie ein
Gummiball. Mir kam der Verdacht, dass sie ihre Jugend
in einem sibirischen Straflager verbracht hatte und die
Bankkunden dafür büßen ließ.

»Merton, Privatdetektiv. Es geht um den Überfall auf
Ihre Zweigstelle gestern. Können Sie mir den Tather-
gang schildern?«

»Nein.«

»Wo liegt das Problem?«

»Es gibt kein Problem. Ich habe der Polizei bereits
alles gesagt.«

»Ich würde es aber gern von Ihnen persönlich
hören.«

»Tut mir leid.«

»Kann ich mit Ihren Angestellten sprechen?«

»Nein.«

»Weshalb nicht?«

»Ich kann Ihnen leider nicht weiterhelfen.« Frau

Blaschke erinnerte mich mit ihren schwarzen hervorstehenden Augen an eine Schleiereule.

»Wenn Sie mir jede Auskunft verweigern, könnten Sie Kunden verlieren«, drohte ich.

Ihr großer Busen hob sich. »Sollten Sie uns in irgendeiner Weise schaden oder die Bank verleumden, werden wir gerichtlich gegen Sie vorgehen.«

»Ich danke für Ihre freundliche Auskunft«, erwiderte ich und ging grußlos davon. Sie ahnte nichts davon, dass ich bereits ein Polizeiprotokoll besaß mit den Adressen aller Kunden, die sich während des Überfalls in der Bank befunden hatten.

Die Stadt Frankfurt am Main, von Spaßvögeln auch Bankfurt genannt, beherbergt an die vierhundert Banken. Neben einer Reihe internationaler Institute gibt es die knallharten deutschen Geschäftsbanken, die keinen Spaß verstehen, wenn es um ihre Interessen geht. Ihr Service lässt gern zu wünschen übrig, und was die Zinsen betrifft, sind sie geizig. Frau Blaschke bildete hier insofern die Ausnahme, als sie sich nicht mal Mühe gab, den Schein zu wahren.

Nach dem unergiebigen Interview mit der Bankfrau setzte ich mich in ein Café an der Alten Oper und gönnte mir bei einem doppelten Espresso eine Pause.

Am Springbrunnen in der Mitte des Platzes bespritzten sich Kinder mit Wasser. Das wieder instand gesetzte Operngebäude aus der Hochrenaissance sah imposant aus. Ich dachte an Rudi Arndt, den früheren Oberbürgermeister der Stadt, der die Ruine damals in die Luft sprengen wollte, weshalb er unter dem Spitznamen »Dynamit-Rudi« berühmt geworden war. Es waren aber auch nicht die unbeschwertesten Jahre, in denen »Rudi« Frankfurts Oberbürgermeister war.

Es waren die Jahre der vielen, selten friedlichen Demos, der Häuserkämpfe im Westend, bei denen auch mit Steinen argumentiert wurde, und der RAF.

Das Bürgerhospital ist ein riesiger Kasten. Ich fragte am Empfang nach der Zimmernummer von Marietta Helbig. Ich wanderte über lange Flure und Quergänge, bis ich endlich die chirugische Abteilung gefunden hatte.

Der Arzt hatte nur wenig Zeit und sprach von einer lebensgefährlichen Operation, die erfolgreich verlaufen war. Jede Aufregung musste von Frau Helbig fern gehalten werden. Man konnte sie frühestens in einer Woche besuchen, vielleicht auch erst später.

Marietta Helbig musste ich vorläufig von meiner Liste streichen.

Die ersten Bankkunden, die ich anrief, eine Frau und ein Mann, wussten nichts. Egal, ob in Kalkutta ein Stuhl umfällt, sich ein grausiger Mord vor ihren Augen abspielt oder die Sintflut die Welt wegspült, sie gehörten zu jenen Leuten, die nie etwas sehen und hören.

Dann bekam ich Margarete Kestermann aus Rödelheim an die Strippe, die alles genau beobachtet hatte. Sie war sehr erregt.

»Kann ich Sie aufsuchen?«

Eine halbe Stunde später betrat ich die Wohnung der Dame und bestaunte die Stores und Schabracken und die bunten Zierkissen auf ihrem Sofa.

»Die Verbrecher rannten schreiend in den Schalterraum und haben befohlen, dass wir uns auf den Boden werfen mussten«, erklärte sie, »scheußliche brutale Kerle.«

»Wie sahen sie aus?«

»Sie waren maskiert.«

»Wie viele waren es?«

Frau Kestermann war ganz sicher. »Drei.«

»Wieso?«

»Der eine, der am Boden lag, hat alles dirigiert.«

»Haben Sie das genau gesehen?«

»Natürlich, stand doch in der Zeitung«, ereiferte sie sich. »Ist das nicht schrecklich! Wo kommen wir denn hin, wenn die Arbeitsscheuen und die Penner jetzt Banken überfallen und dort unser sauer verdientes Geld stehlen, anstatt sich eine ordentliche Arbeit zu suchen?«

Ich bedankte mich und ging.

Die Aussagen von fünf der sieben Bankkunden, die während des Überfalls im Schalterraum am Boden gelegen hatten, konnte ich als unergiebig abhaken. Der sechste war nicht zu erreichen. Und die siebte, Marietta Helbig, lag auf der Intensivstation und war nicht ansprechbar.

9

Am frühen Nachmittag observierte ich die Wohnung, des Mannes, der ein Komplize der Bankräuber war. Oder auch nicht.

In den Straßen roch es nach Abgasen und Verfall. Ich aß ein halbes Hähnchen an einem Imbis tand und fuhr zur Kantstraße. Neben dem Haus, in de n Waller wohnte, entdeckte ich einen Wagen mit einem vor sich hindösenden Polizeibeamten. Ich studierte die Namen an der Klingel. Neben Waller wohnte ein Denis Kindler.

Ich klingelte. Denis war zu Hause. Sein Haar stand strubbelig vom Kopf ab, als käme er gerade aus dem Bett, in dem er sich mit seiner Freundin vergnügt hatte.

»Kennen Sie Ihren Nachbarn, Herrn Waller?«

Denis nickte. »Was wollen Sie von ihm?«

»Kann ich reinkommen?«

Er nickte wieder. »Okay.«

Denis war ungefähr Mitte zwanzig. Dunkelhaarig. Und gepierct. Er sah aus, als ob er sein Leben am liebsten mit Nichtstun im Bett verbringen würde. Ein Lebenskünstler. Oder ein Langzeitstudent. Er war mir nicht unsympathisch.

Ich betrat eine Einzimmerwohnung voller Poster. Ein paar Gitarren standen herum. Pizzareste. Gerümpel. Eine Freundin war nirgends zu sehen.

»Worum geht's?«

»Wissen Sie, was mit Ihrem Nachbarn, dem Herrn Waller, los ist?«

»Nein.«

Junge Menschen lesen selten Zeitung. Ich schilderte den Banküberfall.

Denis fand die Story geil. »Das hätte ich ihm nicht zugetraut.«

»Was?«

»So eine scharfe Nummer. Supercool.«

»Ich bin von der Presse, würde gern mit ihm ein Interview machen. Haben Sie eine Ahnung, wo er sich aufhalten könnte?«

Der Junge betrachtete mich einen Moment kritisch. Es schien, als würde er Vertrauen zu mir fassen.

»Der Waller hat eine Freundin in Bockenheim. Aber wie die heißt, hm, weiß ich nicht mehr ...«

»Vielleicht fällt's Ihnen doch noch ein?«

Denis runzelte die Stirn und sah gleich fünf Jahre älter aus. Dann hatte er es. »Ja, ich glaube ... Ruge-Wallenstein. An den Vornamen erinnere ich mich nicht. Oder doch: Carina oder Christina. So ähnlich.«

»Und wo wohnt sie?«

»Bockenheim. Mehr kann ich Ihnen nicht sagen.«

»Danke.«

Ich verabschiedete mich. Einen so ausgefallenen Namen würde ich im Telefonbuch finden. Wenn er stimmte. Und wenn ich Glück hatte.

10

Der Fall ähnelte einem Eisberg, von dem nur die Spitze herausragte. Da waren zwei Bankräuber und der unsichtbare Dritte namens Waller. Dazu mein Auftraggeber Roderich W. Lugner und seine Freundin, die auf der Intensivstation lag und mit dem Tode rang. Was war sein wahres Interesse? Rache für Marietta? Oder ein ganz anderes Motiv?

Wie sah der Eisberg unter Wasser aus? Schwammen da Raubfische oder Banknoten herum?

Christina Ruge-Wallenstein musste mich auf Wallers Spur bringen.

Strahlend blauer Himmel über Frankfurt und das Thermometer um die neununddreißig Grad machten die Bewohner der Stadt mondsüchtig und mürbe. Die Schwimmbäder und Apfelweingärten waren überfüllt und Touristen überschwemmten die City. Die Zahl der Eigentumsdelikte nahm zu.

Im Telefonbuch fand ich die Sprachschule von Christina Ruge-Wallenstein in Bockenheim. Eine weibliche Stimme meldete sich: »Sprachlabor.«

»Frau Ruge-Wallenstein?«

»Ja bitte, Sie wünschen?«

In ihrer Stimme klang ein französischer Akzent an, schmeichlerisch wie der irdische Sündenfall.

»Peter Merton. Ich würde gern einen Kurs in Ihrem Institut belegen. Unterrichten Sie auch Spanisch?«

»Ja. Sie haben die Auswahl zwischen Gruppenunterricht, Einzelunterricht und Sprachlabor.«

»Kann ich heute bei Ihnen vorbeikommen?«

»Gern. Wäre Ihnen sechzehn Uhr recht?«

»Ja. Einer Ihrer Schüler hat Sie empfohlen, ein gewisser Herr Waller.«

»Ach ja?«, stockte ihre Stimme einen Sekundenbruchteil oder schien es nur so? »Dann erwarte ich Sie also.«

Als Nächstes besuchte ich einen Bankkunden namens Paul Meiler. Er hatte sich mit einem der Bankräuber geprügelt und war dabei verletzt worden. Ein Streifschuss hatte ihn ins Bein getroffen.

Meiler wohnte ebenfalls in Bockenheim in der Schlossstraße. Ein wuchtiger Mann, der mich an Bud Spencer erinnerte. Er war breitschultrig und hatte ein Organ wie ein Bierkutscher. Im Gesicht trug er einen grau melierten Dreitagebart. Ein Zigarillo baumelte aus seinem Mundwinkel.

»Ein Privatdetektiv?«, sagte er in abschätzigem Ton. »Für wen schnüffeln Sie?«

»Das kann ich nicht sagen.«

Er hatte die Ärmel seines rot karierten Hemdes hochgekrempelt. »Ein Bier?«

Ich nickte. Der Typ war nicht übel.

Er holte zwei Flaschen aus dem Kühlschrank und wir stießen an.

»Also, was wolle Se wisse?«

»Schildern Sie doch den Überfall!«

»Ich kam rein, als das Ding schon lief. Ich wollte dem Kerl an der Tür gewaltig eine verpassen. Aber der duckte sich und ich traf ihn statt am Kopf nur an der

Brust, sonst wär er sofort k.o. gegangen. Es lösten sich Schüsse aus seiner Wumme und trafen eine junge Frau, die am Boden lag. Und mich.«

»Können Sie die Bankräuber beschreiben?«

»Junges Gemüse. Die hatten mehr Angst als Verstand. Von wegen Profis, wie's in der Zeitung steht ...«

»Sie waren maskiert. Woran wollen Sie erkannt haben, dass es junge Leute waren?«

Seine wasserblauen Äuglein blitzen mich vergnügt an. »An der Figur, ihren hellen Stimmen ... wie sie sich bewegt haben.«

»Was sind Sie von Beruf?«

»Kraftfahrer. Warum?«

»Erzählen Sie weiter.«

»Na ja. Nach der Ballerei machten die beiden Groß-stadt-Cowboys schnellstens die Fliege. Rannten mit den Geldtaschen aus der Bank, als wäre der Teufel hinter ihnen her. Der Typ am Boden, den sie mitgeschleift haben, gehörte nicht zu ihnen. Der lag herum und wollte nicht mit. Eindeutig eine Geiselnahme.«

»Da sind Sie sicher?«

»Absolut.«

Meiler machte auf mich nicht den Eindruck, als wäre er auf den Kopf gefallen. Ich sagte ihm, dass ich ihn ein andermal noch einiges fragen würde, bedankte mich für das Bier und ging. Es sah so aus, als wäre dieser Waller ohne eigenes Zutun in den Bankraub verwickelt worden. Wie kam dann die Meldung in die Zeitung, dass er angeblich der Kopf der Bande sein sollte?

Entweder war es eine merkwürdige Verkettung von Zufällen oder es steckte ein raffinierter Plan dahinter.

11

Ich saß im Büro, da klingelte das Telefon.

»Wie kommen Sie voran?«, fragte Roderich W. Lugner.

»Es geht.«

»Haben Sie schon eine Spur?«

Ich sagte kein Wort von Wallers Rolle und dass er mit dem Überfall vermutlich nichts zu tun hatte. Mein Eindruck war, dass es meinen Auftraggeber sowieso nicht interessiert hätte.

»Ich komme voran. Aber Sie müssen mir noch Zeit geben.«

»Ich bin für zwei Tage unterwegs«, sagte er. »Sie können mich jederzeit übers Handy erreichen. Bleiben Sie am Ball!«

Um mich von penetranten Anrufen wie diesem zu erholen, lasse ich im Kofferradio Musik immer laufen. Nachdem Händels »Wassermusiken« bei Klassik Radio verklungen waren, meldeten sich die Wirtschaftsnachrichten.

Die Commerzbank kündigte die Schließung ihre Filiale in Tokio an. Auch das Personal an der Wall Street sollte um die Hälfte reduziert werden. Bei den neunhundert angekündigten Entlassungen traf es keinen einzigen Manager. Alles unter dem Stichwort »Globalisierung«. Die Aktienkurse stiegen wieder.

Vom Klofenster aus konnte ich nachts den gewaltigen Lichtdom der Bank, dessen Antenne alle anderen Türme überragte, in Knatschgelb leuchten sehen.

Der Besuch in der Sprachschule brachte wenig neue Erkenntnisse. Sie war in einem schönen alten Haus aus der Gründerzeit untergebracht. Eine Fassade mit vielen Erkern. In den Räumen Stuck an der Decke, Parkettböden und persische Läufer. Frau Christina Ruge-Wallenstein, eine rothaarige voll erblühte Frau, empfing mich distanziert. Sie sprach viele Sprachen. Ihre Lebenserfahrung stand ihr ins Gesicht geschrieben. Ohne es begründen zu können, spürte ich, dass sie Freund Waller kannte. Ziemlich gut sogar.

Sie führte mich durch die Räume der Schule. In einem großen Zimmer saß eine Gruppe beim Englischunterricht und kauderwelschte herum, in einem kleinen Raum – dem Sprachlabor – übte eine beleibte Frau mit dem Kopfhörer spanische Grammatik. Ich glaubte diesem Denis, dass Christina eine Beziehung zu der Geisel unterhielt. Es lag in der Luft.

»Erinnern Sie sich an einen Sprachschüler namens Waller?«

Sie zog die Stirn in Falten. »Dunkel. Ich glaube, er nahm mal vor zwei Jahren Unterricht.«

»Haben Sie noch Kontakt zu ihm?«

»Nein. Wie kommen Sie darauf?«

»Er steckt in der Klemme.«

»Ja?«

»Bankraub«, warf ich ihr einen Brocken hin. »Haben Sie es in der Zeitung nicht gelesen?« Sie reagierte nicht, zuckte nur die Schultern.

»Ach ja? Ich habe seitdem nichts mehr von ihm gehört«, behauptete sie.

»Ich bin Privatdetektiv. Das mit dem Spanischkurs überlege ich mir noch mal.«

»Gern.«

Christina Ruge-Wallenstein fiel keine Sekunde aus der Rolle als Frau von Welt. Sie verabschiedete mich förmlich, verriet sich mit keiner Silbe.

Mir blieb keine andere Wahl, ich würde sie und ihre Sprachschule observieren müssen. Ein langwieriger und mühsamer Job. Das harte Brot des privaten Ermittlers.

Im Wirtschaftsteil der »Süddeutschen Zeitung«, die ich sonst schätze, las ich einen widersprüchlichen Artikel.

Die Deutsche Bank verdient fantastisch, 18 Prozent Gewinn nach Steuern, und baut trotzdem Arbeitsplätze ab, weil die Rendite weiter steigen soll. Denn die Zahlen der Deutschen Bank sind in Relation zu anderen zu sehen: Europäische Banken erzielen 27 Prozent Gewinn. Die Bank muss also nicht nur um Kunden sondern auch um das Kapital konkurrieren und befürchten, von einer größeren Bank geschluckt zu werden. Deshalb seien die Entlassungen gerecht.

Im zweiten Teil spricht der Artikel davon, dass es an der Börse keine realen Entscheidungen gäbe, diese vielmehr beherrscht werden von Moden, kollektiven Depressionen und Hysterien. Auch die schlauesten Analysten seien nicht sicher vor Fehleinschätzungen am Kapitalmarkt.

In diesem Kontext erschienen mir die Rechenspiele um 18 und 27 Prozent Gewinn doch ziemlich irreal.

FÜNFTES KAPITEL: WALLER

Wie alle Dinge haben auch Farben eine
Stimme, einen Klang.
Azur, zum Beispiel, mit diesem Z in der
Mitte, ist die Farbe von Zucker, Zebras
Und Zikaden.
CARLO LUCARELLI

12

Waller saß abwesend auf einer Parkbank in den Anlagen. Vögel zwitscherten in seinem dämmrigen Traum. Es roch nach Gras und sommerlicher Hitze.

Er fühlte sich erbärmlich, wollte nüchtern an den Jungen denken, an Charlie, alle Emotionen ausblenden. Aber es gelang ihm nicht. Er hörte immer wieder den Schuss, sah das Blut, überall Blut. Und ein zerfetztes Hemd. Waller trug noch sein leichtes Sommerjackett. Es hatte ein paar Schmutzflecken bekommen, als er in der Bank auf dem Boden herumlag.

Waller bestellte im Café frisch gepressten Orangensaft. Im Spiegel sah er sein nacktes Gesicht. Er zermarterte sich das Hirn. Würde die Polizei herausfinden, dass der Junge im Haus der Bankräuber gewohnt hatte, wenn sie Charlies Eltern verhörte? Wussten die Eltern überhaupt Bescheid? Und würde es ihn, Waller, entlasten? Wahrscheinlich nicht.

War Charlie für ihn gestorben? Ein junger Mensch, der das Leben noch vor sich hatte.

Zum Glück hatte die Zeitung seinen Namen mit Klaus W. abgekürzt. Sie brachten zwar ein Bild von ihm, aber es war so schlecht, dass man ihn darauf kaum erkennen konnte. Außerdem hieß er Klaus-Dieter und nicht Klaus, man würde ihn also in seinem Umfeld nicht automatisch hinter dem Überfall vermuten. Andererseits hätten ihn ein paar Freunde als Bankräuber sicher hochleben lassen. Er dachte da an Markus vom Wasserhäuschen.

Er verließ das Lokal und fuhr mit der U-Bahn nach Bockenheim. Die Menschen in der Bahn starrten ihn an, als hätte er zwei Nasen im Gesicht. Waller wurde es kalt ums Herz. Am liebsten hätte er gebrüllt wie ein Tiger. Er versuchte, cool zu bleiben. Paranoia. Die Leute glotzen nur wie immer frustriert in die Gegend.

Sein Blick wurde klar. Er beobachtete ein junges Mädchen mit Stöpseln im Ohr, das mit geschlossenen Augen am Fenster lehnte, in ihre Popmusik versunken. Ihr saß eine dicke Frau gegenüber, die pausenlos aus einer Tüte Chips futterte. Aus dem Schoß der Dicken fielen aus einer Tüte plötzlich Äpfel und kullerten über den Boden. Das Mädchen wurde aus seiner Trance gerissen, öffnete die Augen und half der Dicken lächelnd, die Äpfel aufzusammeln.

Auch wenn sie Waller in eine beschissene Lage gebracht hatten, lagen Sascha und Svende mit ihrer Bonnie-und-Clyde-Nummer richtig. Bonnie Parker und Clyde Barrow reisten, wie er wusste während der Depression durch den Südwesten der USA. Sie raubten Banken aus und verursachten üblicherweise ein Chaos mit ihrer Bande. Bei dem Pärchen handelte es sich aber weder um Helden noch um Killer, sondern um Kinder gebliebene Abenteurer aus der Provinz, die von einem aufregenden Leben, von Freiheit und Geld träumen.

Waller hatte mal gelesen, dass sie verantwortlich waren für 13 Morde, etwa ein Dutzend Bankraube und ungezählte Überfälle auf Läden und Tankstellen.

Er sollte auch eine Bank überfallen. Damit wären seine Probleme gelöst. Darauf hätte er selbst kommen können. Er wollte sich längst eine Smith & Wesson besorgen.

Die Frau mit den zwei Gesichtern. Er hatte sich vor zwei Jahren von Christina getrennt, sie gingen aber noch zusammen aus. In der Sprachschule trug sie das rote Haar hochgesteckt, war sie die Dame und Chefin, sachlich, kühl, die überlegene Lehrerin. Aber privat eine Frau wie ein Vulkan, rassig, voller Leidenschaft. Christina verschliss mehr Männer als andere Frauen je kennen lernten. Ihre Trennungen gingen mit Krawall einher wie großes Theater, mit Pauken und Trompeten, richtige Dramen mit Geschrei, Tellerwerfen, möglichst vor Publikum.

Er hatte vier Monate als ihr Liebhaber durchgehalten. Dann hatte er das Theater satt. Was ihn anfangs an ihr fasziniert hatte, ihre Wildheit, ihre Theatralik, wurde ihm bald zu viel. Er war der einzige Mann, der von sich aus die Beziehung beendet hatte. Doch sie blieben in Kontakt.

Dass sie sich hinterher noch trafen, war auch bei Christina neu. Üblicherweise traf sie Männer nie mehr, mit denen die sexuelle Beziehung beendet war.

Waller half ihr später aus der Malaise, als sie seinen Nachfolger loswerden wollte, einen Warmduscher, der an ihr klebte wie eine Klette.

Christina Ruge-Wallenstein war eine belesene Frau. Sie konnte Baudelaire zitieren – natürlich französisch – und sie kannte ihren Thomas Mann.

Diesmal musste sie etwas für Waller tun. Ihn für ein

paar Tage in ihrer Wohnung verstecken in Bockenheim ›Am Weingarten‹.

Er wusste, dass sie um diese Zeit zu Hause war. Trotzdem hätte er vorher anrufen können, fand es aber besser spontan aufzutauchen.

Ein rotes Sportkabriolett stand vor der Haustür. Auf sein Klingeln passierte lange nichts. Dann stand sie plötzlich in der Tür, zwei Knöpfe ihrer Bluse waren offen, der Haarschopf hing wild an ihrem Kopf, ihr Gesicht war gerötet. Als sie Waller sah, rief sie: »Nein, du nicht«, und wollte die Tür zuschieben.

Er stellte einen Fuß dazwischen.

»Christina, du musst mir helfen!«

»Nimm deinen Fuß weg!«

Es war klar, dass sie mit irgendeinem Kerl zugange war, einem Schnarchsack, der wieder entsorgt werden musste.

»Ruf mich in einer Stunde an!«

Sie hatte in sein Gesicht gesehen und begriffen, dass es ernst war, dass er im Schlamassel steckte. Waller nahm den Fuß weg und sie knallte die Tür zu.

13

Ein dumpfer Betonklotz in der Leipziger Straße, der einmal der Kaufhof war, lag verlassen da. Geschlossen, alle Mitarbeiter entlassen. Die Angestellten würden nun auch beim Arbeitsamt in der Fischerfeldstraße Dauerkunden werden.

Waller sah aus den Augenwinkeln wie ein Streifenwagen langsam auf ihn zu rollte. Er erschrak so heftig, dass er glaubte, sein Herz würde stolpern. Alles war aus, vorbei. Doch die Beamten beachteten ihn nicht, fuhren einfach weiter.

Plötzlich stand er auf der Straße in einer Menschenmenge vor einem Radio- und Fernsehgeschäft und sah die Bilder einer Sondersendung. In New York war die Stromversorgung restlos zusammengebrochen, Tausende Menschen wanderten im Dunkeln zu Fuß durch Straßen und über Brücken, und Waller glaubte sich unter ihnen zu sehen. Gespenstisch, Bilder eines Katastrophenfilms.

Er blickte an sich herab und bemerkte mit Schreck einen Blutfleck an seinem Jackenärmel. Er durchlebte wieder die Szene in der Bank, hörte den Tumult und das Geballere der Bankräuber und sah die Frau am Boden liegen, der er den Kugelschreiber geliehen hatte. Ihre Angstschreie hallten ihm in den Ohren. Das Blut musste von ihr sein, ein Spritzer hatte ihn erwischt.

Er hoffte, dass die angeschossene Frau überlebt hatte. Auch wenn er sie für eine Schlampe hielt – sie sah so jung und hübsch und lebendig aus.

Waller ging in einem Lokal auf die Toilette und versuchte, den Fleck wegzurubbeln. Es gelang nicht. Blut wird man nicht los, es haftet wie Pech und Schwefel.

Er kaufte eine Tageszeitung, um sich auf dem Laufenden zu halten. Er sah einen Mann aus dem Haus kommen, in dem Christina wohnte, und hüftsteif in den roten Alfa Romeo steigen. Der Typ war breitschultrig. Er ging so, als könnte er vor Kraft kaum laufen und legte einen Kavaliersstart hin.

Waller blätterte hastig in der Zeitung und fand nichts zum Tod von Charlie. Allerdings fiel ihm ein Artikel mit dicken roten Balken über den Bankraub mit völlig anderem Akzent auf als bisher:

»Die Maske der Geiselgangster!

Bankraub mit neuer Qualität. Die Täter verkleideten sich als Opfer und schlugen so dem Menschen verachtenden Kapitalismus ein Schnippchen. In Frankfurt raubten drei Männer eine Bank aus, machten damit auf Arbeitslosigkeit als Motiv aufmerksam und proklamierten so die Umkehrung aller Werte. Nicht der Bankräuber ist der Täter, sondern die Bank, die stellvertretend für die Folgen der Globalisierung steht als Institution einer inhumanen Gesellschaft, die unbescholtene Bürger in den Ruin treibt.«

Er klingelte wieder bei Christina. Sie öffnete sofort, wirkte zufrieden.

»Komm rein!«

Er meinte, sie schnurren zu hören wie eine Wildkatze. Hatte der Sportwagentyp gute Arbeit geleistet?

Waller liebte Christinas kultivierte Wohnung, Balkone zur Straße hin, hohe Räume mit Erkern und hellen Möbeln. Ein Blumenstrauß leuchtete in Sommerfarben auf einem Glastisch, eine Wandlampe verbreitete gedämpftes Licht.

»Wo hast du diesen Kerl aufgegabelt?«

»Welchen Kerl?«

»Den mit dem roten Sportwagen.«

»Kenn ich nicht. Eifersüchtig?«

»Ich bin hungrig wie ein Wolf. Hast du was zu essen da?«

Sie baute ein Frühstück mit Brötchen, Schinken, Käse, Obst und frischem Kaffee vor ihm auf.

»Was ist los? Sag's schnell, in einer Stunde muss ich meinen Englischkurs geben«, fragte sie.

»Ich werde verfolgt.«

»Von wem?«

»Von der Polizei. Ein Junge ist erschossen worden.«

Waller erzählte die Geschichte von Charlies Ermordung und äußerte den Verdacht, dass eigentlich er damit gemeint sein könnte.

»Wieso solltest du gemeint sein? Und wie bist du überhaupt in diesen Keller geraten?«

»Hast du nichts gelesen über den Banküberfall im Nordend? Ein Studentenliebespaar hat eine Bank überfallen und mir das Ding in die Schuhe geschoben.«

»Wieso dir?«

»Ich war auch in der Bank.«

»Ein Mann und eine Frau?«

»Ja, sie trugen Gesichtsmasken.«

»Und woher weißt du, dass es ein Liebespaar war?«

»Sie haben mich entführt und dabei ihre Masken abgenommen.«

»Und wo sind sie?«

»Verschwunden. Aber ich werde sie finden, und wenn sie bis ans Ende der Welt fliehen.« Waller mampfte. »Christina, du musst mich eine Weile verstecken.«

Sie zog die linke Augenbraue höher als die rechte. »Ach, so hast du dir das gedacht! Wie soll das gehen, hier in der Schule, wo ständig Leute aus- und eingehen? Da fällt mir was ein: Vor einer Stunde hat einer angerufen und nach dir gefragt.«

Wallers Gesicht verfärbte sich, wurde weiß wie Schnee am Kilimandscharo. »Was für ein Typ?«

»Ein Privatdetektiv, Merlo hieß er oder so ähnlich.«

»Kenne ich nicht. Was wollte er?«

»Weiß ich nicht. Du solltest dich verkleiden, Waller, sonst schnappen sie dich.«

»Blödsinn!«

»War nur ein Scherz.«

Waller nahm einen kräftigen Schluck Kaffee. Er lehnte sich zurück. Er kam nicht dazu, Christina die Story vom Banküberfall in allen Einzelheiten zu berichten, denn sie musste zu ihrem Kurs. Er ging auf die Straße, um eine Spätausgabe der Tageszeitung zu kaufen. Er blätterte darin, fand im Lokalteil einen Artikel mit einer knalligen Überschrift und erstarrte vor Schreck:

»Grausiger Mord an einem Schüler!

Ein toter Schüler wurde in einem Keller in der Elkenbachstraße gefunden. Der Mörder hat ihn auf brutale Weise mit einer Kalaschnikow hingerichtet. Das Motiv ist unklar, die Polizei steht vor einem Rätsel. Sie fand aber erste Hinweise auf den möglichen Täter. In dem Kellerraum wurden Fingerabdrücke von einem der Männer entdeckt, die am Banküberfall am Friedberger Platz beteiligt waren, Klaus W. ... Sachdienliche Hinweise erbittet die Polizei unter der Nummer ...«

Waller las nicht weiter.

Das Netz zog sich über ihm zusammen.

SECHSTES KAPITEL: MERTON

Licht im Osten
Morgenrot
Oder Katastrophe
ALAIN LANCE

14

Am Samstagmorgen erwachte ich in meinem Bett abgewrackt wie ein toter Boxer.

Draußen schwebten graublaue Wolken über der Stadt. In der Wohnung nebenan spielte jemand einen Beatles-Song: »Here comes the sun …« Ich taumelte ins Bad. Nach einer Tasse schwarzen Kaffees wählte ich die Nummer von Frau Ruge-Wallenstein und sagte den Spanischkurs ab. Ich bat sie, mich zu informieren, falls sich Waller bei ihr melden sollte.

»Wieso interessieren Sie sich für den Herrn?«

»Das kann ich nicht sagen.«

»Wie Sie meinen.« Sie klang beleidigt und würde natürlich nicht anrufen.

Die Zeitung berichtete vom Tod eines Jungen namens Hasenfurter. Angeblich war Waller in die Sache verwickelt. Der Bericht stellte eine vage Verbindung zu dem Bankraub her.

Von den Bankräubern hatte die Polizei noch keine Spur. Im Lokalteil brachten sie ein schwarz-weiß Foto von Klaus W. Er sah jung aus, ein schmales Gesicht, gut gekleidet mit Schlips und sauberem Kragen. Sein lockiges Haar trug er lang, hinten zu einem Zopf gebunden. So hatte ich mir einen arbeitslosen Bankräuber nicht vorgestellt. Er sah eher wie ein Dichter aus oder ein Tänzer.

Ich vergrößerte das Bild auf dem Kopierer und pinnte es an die Wand. Waller, der undurchschaubare Denker. Entgegen der Meinung des Fernfahrers Meiler war ich nicht sicher, ob er nicht doch der Kopf der Bande war. Je länger ich das Foto betrachtete, umso deutlicher glaubte ich hinter der Maske von Wallers Gesicht den intellektuellen Mafioso zu erkennen, voll subversiver Gedanken, mit heimlicher Wut im Bauch.

Der Gesundheitszustand von Marietta Helbig hatte sich verschlechtert, ihr Leben hing an einem dünnen Faden. Ich wollte sie noch sprechen und hoffte, dass der Faden nicht riss.

Am späten Vormittag ging ich zum Wochenmarkt auf der Konstablerwache. Eine schöne Tradition in Frankfurt, ein Markt, auf dem Bauern aus der näheren Umgebung und dem Hinterland, dem Vogelsberg und der Rhön, ihre frischen Produkte anboten. Man konnte zur Bratwurst und zum Steckerlfisch Bier oder Met trinken und am Weinstand Riesling oder Grauburgunder. Es gab Maiskolben und Kartoffelpuffer, Gebratenes und Geflügel und es duftete wie bei Muttern in der Küche. Ein Kräuterstand bot neben der ›Rosa Pampelmuse‹, einem hübschen Bäumchen, das Kissen »Spring ins Feld«, an. Es gab schwarze Peperoni und Mexican Chili und exotische Gewürze. Die Besucher auf dem Markt waren immer gut gelaunt, vom Leben und vom Sekt beschwipst.

Ich bemerkte an einem Stand in der übernächsten Gasse Waller oder einen Mann, der ihm sehr ähnlich sah, so wie ich das Zeitungsfoto im Gedächtnis hatte. Sein Zopf baumelte ihm locker vom Hinterkopf, war länger als ich dachte. Er biss eben in eine Kartoffelbratwurst.

Ohne zu zögern stellte ich mein Weinglas ab und zwängte mich durch die Menge, doch der Kerl war weg, als ich am Stand ankam. Nur die traurigen Wurstzipfel seiner Kartoffelbratwurst lagen noch auf dem runden Tischchen. Waller oder wer immer es war, schien sich in Luft aufgelöst zu haben.

Zu Hause las ich noch einmal den ersten Artikel über den Banküberfall. Die Zeitung hatte ein angebliches Bekennerschreiben von Klaus Waller abgedruckt, das jeder X-beliebige verfasst haben konnte.

In der Samstagszeitung las ich, dass in der Schweiz Panzerknacker Banken heimsuchten. Sie kamen mit einem 28-Tonner-Lastwagen an, befestigten das Ende eines Stahlseiles um den Bankautomaten und das andere am Lastwagen und rissen den Automaten aus der Verankerung. Dann luden sie den Geldautomaten auf und fuhren davon. Die Polizei im gigantischsten Bankenland des Kontinents schien ohnmächtig.

Das Fernsehprogramm am Samstagabend war wie üblich mau. Ich hatte die Wahl zwischen einer Komödie über Lebenslügen, einem Krimi um ein vergewaltigtes Cheerleader-Girl oder einem Hollywoodschinken mit Jodie Foster, den ich schon aus dem Kino kannte. Damit entfiel der bequeme Samstagabend zu Hause.

Ich rief Lisa an.

Sie meldete sich mit einer weichen Stimme, die ich bei ihr noch nie gehört hatte. Nach dieser mädchenhaften Melodie hätte sie niemand für eine angehende Kriminalkommissarin gehalten. In der Dienststelle klang ihre Stimme kühl und neutral.

»Hallo, ich bin's, Peter. Habt ihr euch wieder versöhnt?«

»Nein. Wie kommst du darauf?«

»Hast du schon was gefuttert?«

»Nein.«

»Lisa, ich würde gern mit dir essen gehen.«

»Danke für die Einladung. Das ist nett von dir, Peter«, entschuldigte sie sich, »aber ich bin gerade auf Diät.«

»Das kannst du nicht ernst meinen? Du kennst doch den Marcellino in der Günthersburg Allee. Ein Italiener, den man nicht verschmähen darf. Der hat Penne all'arrabbiata, grüne Tagliatelle mit Pfifferlingen, Rucola-Salat mit Krebsfleisch, und das sind nur ein paar Vorspeisen zur Auswahl ...«

»Das ist nicht fair.«

»Es ist eine Einladung.«

»Gut, du hast gewonnen!«

Ich war erstaunt, dass sie so schnell rumzukriegen war. »Ich hol dich um sieben ab.«

Der Garten des Lokals war halb leer, die Frankfurter genossen den Urlaub in der Karibik oder im Schwarzwald.

Lisa trug einen weißen Blazer mit Paillettenblume eine dunkelrote Seidenbluse, die einen Mona-Lisa-Mäßigen Kontrast zu ihrem schwarzen Haar bildeten, und einen weißen Wickelrock.

»Wir haben einen Anruf aus der Schweiz bekommen. Die Bankräuber sind angeblich in der Gegend von St. Gallen gesehen worden«, verriet Lisa, die auch in der Freizeit ihren Beruf nicht vergessen konnte.

»Alle drei?«

»Eigentlich sollst du mir keine Fragen stellen und ich wollte mit dir auch nicht mehr über den Fall reden.«

»Bist du sicher?«

Ich bestellte Prosecco als Aperitif.

»Die Schweizer können gar nicht wissen, wie die Typen aussehen. Das sieht nach Wichtigtuern aus«, meinte ich. »Wir nehmen den Anruf nicht ernst.«

»Habt ihr ein Profil der Bankräuber?«

»Nur Umrisse«, sagte sie, unterbrach sich und erhob warnend ihren Zeigefinger, »Peter ... kein Kommentar. Was hast du eigentlich herausgefunden?«

»Wenig. Es ist unklar, ob dieser Waller was mit dem Bankraub zu tun hat.«

Lisa war mit Leib und Seele Ermittlerin. Obwohl sie es wollte, konnte sie unmöglich abschalten.

»Also ihr habt nur Umrisse?«, fragte ich.

»Den Stimmen nach scheinen die Bankräuber junge Männer zu sein. Aber das ist noch vage, deshalb hat Lehmann permanent miserable Laune.«

»Verstehe.«

»Waller war früher mal verheiratet. Wurde aber vor vier Jahren geschieden. Seine Ex-Frau Nina lebt in München.«

»Könnte er bei ihr untergeschlüpft sein?«

»Kaum«, meinte sie, »sie hat wieder geheiratet.«

Die Polizei recherchierte ordentlich, das musste man anerkennen. Allerdings hatte sie die Existenz von Christina Ruge-Wallenstein noch nicht mitbekommen. Das war gut, es gab mir einen klitzekleinen Vorsprung. Durch die Dame würde ich an den Aufenthalt des durchgeknallten Waller herankommen und der würde mich auf die Spur der Bankräuber bringen.

»Sonst noch was?«

Lisa nickte nachdenklich. »Ja, aber ich weiß nicht, ob ich das preisgeben darf. Wenn rauskommt, was ich dir hier alles verrate, kann ich wieder Streife fahren. Oder noch schlimmer: Ich werde gefeuert.«

Ich sah ihr in die Augen, dachte dabei an Ingrid Bergman in Casablanca und sagte: »Keine Angst, es wird nie rauskommen.«

»Wir haben noch zwei Knöpfe und eine Zigarettenkippe gefunden in der Bank. Die Knöpfe gehörten einer Bankkundin.«

»Und die Kippe? Ist auf der Videokamera zu sehen, ob einer geraucht hat?«

»Leider nicht. Aber das Labor arbeitet an der Kippe.«

»Durch den genetischen Fingerabdruck könnte man den Täter überführen.«

»Aber nur, wenn einer der Bankräuber schon straffällig geworden ist.«

Lisa war Gold wert. Mit dem bescheuerten Kommissar Lehmann konnte sie den Bankraub nicht diskutieren, das war meine Chance. Wie sollte ich in Zukunft meine Fälle ohne ihre Hilfe lösen?

»Seid ihr mit dem Lippenstift weitergekommen?«

»Nein. Aber es könnte sein, dass einer der Bankräuber eine Frau ist.«

Man müsste nur noch rausfinden, wo die Räuberbraut ihren Lippenstift kauft. Dann brachte ich das Gespräch auf den toten Charlie H.

»Das ist komisch«, sagte sie, »in dem Keller fanden wir Fingerabdrucke von Waller.«

»Das bedeutet, dass er noch in Frankfurt ist?«

»Sieht so aus.«

»Mit welcher Waffe wurde der Junge erschossen?«

»Mit einer Kalaschnikow.«

»Hängt dieser Charlie beim Banküberfall mit drin?«

Lisa zuckte die Achseln. Waller und eine Kalaschnikow, das passte nicht zusammen.

»Wie ich schon sagte, besteht der Verdacht, dass Waller mit dem Banküberfall gar nichts zu tun hat«, sagte ich noch mal so ins Blaue hinein.

»Weshalb?«

»Nur so ein Gefühl.«

Sie reagierte nicht weiter auf mein angebliches Gefühl.

Die Vorspeisen kamen und eine Flasche Chianti.

Ich betrachtete Lisa verstohlen von der Seite. Ihre Augen waren geheimnisvolle Sterne. Reiß dich zusammen, Merton, alter Sack!

Sie war mehr als zwanzig Jahre jünger als ich. Doch das hat Leute wie Picasso auch nicht abgehalten, Frauen aufzureißen. In meinem Gesicht zeichneten sich Falten ab und bald kamen die Tränensäcke. Mein Schädel war noch nicht kahl. Doch wir würden ein schönes Paar abgeben. Ich schwebte in Gedanken über den Wolken, irgendwo hoch oben, wo Blitze zuckten und der Himmel weit und unendlich war. Die schnöde Welt unten versank als matter Abglanz aus Waldbränden, Schiffskatastrophen und schäbigen Bankräubern in unendliche Tiefen.

15

Am Sonntagmorgen um neun Uhr bezog ich Stellung in der Leipziger Straße vor der Sprachschule von Christina Ruge-Wallenstein. Ich hatte herausgefunden, dass die Dame dort auch wohnte.

Junge Leute machten sich zum Frühstücken auf in ein Straßencafé. Ein herrenloser Spaniel trottete um Spaziergänger herum.

Weiß war noch immer die Modefarbe der Saison, mit gelben Flecken dazwischen, gelborangene Hosen und eigelben Blusen. Eine Gedichtzeile von Robert Duncan fiel mir ein. »Weiß, weiß ist wie eine Grenze, die vorrückt im Tod, das ist unser Leben, das ist die Liebe.« Mir wurde wieder bewusst, weshalb ich Weiß nicht mochte. Eine elende Farbe, mörderisch und eiszapfenkalt.

Dann geschah etwas.

Die Tür des Hauses der Sprachschule wurde vorsichtig geöffnet und ein alter Mann mit einem grauen Wuschelkopf kam heraus. Unter seiner Nase klebte ein dicker Schnauzer. Eine armselige Verkleidung! Der Alte humpelte die Straße entlang. Ich wusste, dass ich ihn kannte und dann wusste ich auch, wer es war. Waller hatte sich als alter Sack verkleidet. Er schaute vorsichtig nach links und nach rechts und taperte dann Richtung Universität weiter. Ein paar Sekunden später hielt ein roter Sportwagen vor dem Haus, und ein Typ sprang elegant aus dem Coupé, der Roderich W. Lugner unglaublich ähnlich sah. Er läutete bei der Sprachschule.

Der Doppelgänger von Lugner ging ins Haus. Ich setzte mich in meinen alten Ford, um Waller zu folgen. Es stellte sich aber als unmöglich heraus, denn die Leipziger ist eine Einbahnstraße und der Typ mit dem Schnauzer wanderte in seinem geborgten Altmännergang gegen die Fahrtrichtung weiter.

Es gab nur die Möglichkeit, ich musste ihn zu Fuß zu verfolgen. Wenn er an der Bockenheimer Warte in die U-Bahn hinabstieg, was ich befürchtete, war er weg. Ich stellte den Wagen ab und rannte ihm nach. Zum Glück trottete er gemächlich wie es seiner Verkleidung entsprach, blieb vor Läden stehen oder sah sich vorsichtig um.

An der Warte stieg er, wie ich es vorausgeahnt hatte, die Stufen zu U-Bahn-Station hinunter. Er löste kein Billett sondern nahm sofort die Linie zur Innenstadt. Schwarzfahrer! Das zwang mich ebenfalls zum Schwarzfahren, was mir unangenehm war.

Aus der Nähe sah Waller wie ein Verlierer aus. Die falsche graue Perücke klebte traurig an ihm, machte ihn zum Narren. Er war unrasiert, hatte den Blick stumpf auf den Boden gerichtet, eine tragische Gestalt. Er stieg an der Konstablerwache Richtung Merianplatz um, trottete von dort zur Elkenbachstraße und verschwand in einem Eckhaus.

Nach einer Stunde kam Waller immer noch nicht heraus. Wenn ich Pech hatte, blieb er tagelang im Haus. Bei wem hatte er geklingelt? War das nicht das Haus, in dem Charlie Hasenfurter ermordet worden war? Kehrte Waller an den Ort der bösen Tat zurück?

Und was wollte Roderich W. Lugner bei Frau Ruge-Wallenstein? Nahm er am Sonntag Sprachunterricht? Paukte er spanische Grammatik? Oder trat er bei Christina als Torero auf? Wenn er es überhaupt war. Ich hatte mich zu sehr auf einen roten Sportwagen eingeschossen, ein Produkt meiner Fantasie, das wurde mir bewusst. Es konnte unmöglich mein Auftraggeber sein, soviel Zufälle gab's nicht. Aber vielleicht hingen alle Teile irgendwie zusammen, und ich musste nur den Schlüssel zu dem Puzzle finden.

Eine Frau ging vorbei, die mich an Marie erinnerte. Sie hatte mich vor sieben Jahren verlassen, einen Tag nach meinem fünfundvierzigsten Geburtstag. Vier Monate später quittierte ich meinen Dienst bei der Mordkommission.

Es ist ein klassisches Klischee, dass Mitarbeiter der Kriminalpolizei Probleme mit ihren Ehepartnern bekommen, weil sie oft tagelang nicht zu Hause sind. Aber dieses Klischee hat die fatale Eigenschaft, dass es ein Körnchen Wahrheit enthält.

Eine weitere halbe Stunde geschah nichts. Ein junges Paar schlenderte Händchen haltend vorbei. Eine Radfahrerin sauste mit hohem Tempo gegen die Fahrtrichtung die Straße herunter.

Ohne Vorwarnung kam Waller aus dem Haus. Ohne Perücke und falschen Schnauzer. Er sah sich vorsichtig um.

16

Mit ein paar schnellen Schritten war ich hinter Waller und bohrte ihm meinen Daumen hart in den Rücken.

»Das ist eine 9-Millimeter-Walther«, sagte ich ruhig, »wenn Sie nicht tun, was ich sage, geht sie los. Ich erschieße dann einen gesuchten Bankräuber.«

Waller hob ergeben die Hände. Ich schob ihn vor mir her über die Straße zu meinem parkenden Ford, öffnete die Beifahrertür, drückte seinen Kopf herunter und schubste ihn ins Wageninnere. Dann rannte ich auf die linke Seite, stieg ein und fuhr los.

»Polizei?«, fragte er.

»Sehe ich so aus?«

Ich bog in die Bornheimer Landstraße ein und rollte am Luisenplatz vorbei zur Berger Straße. Wie durch ein Wunder bekam ich vor meinem Büro einen Parkplatz.

»Aussteigen!«, befahl ich.

Obwohl Waller inzwischen begriffen hatte, dass ich keine Waffe besaß, gehorchte er und stieg apathisch die Stufen zu meinem Büro im zweiten Stock hoch. An meiner Glastür las er ›Peter Merton. Ermittlungen aller Art‹.

»Ein Schnüffler«, sagte er und zog die Nase hoch, als würde es schlecht riechen.

Wir saßen uns im Büro gegenüber. Waller sah nicht so gut aus wie auf dem Foto in der Zeitung. Er kam mir vor wie ein Mann, dessen Leben entgleist war.

»Was wollen Sie?«

Er betrachtete mich voller Argwohn.

Ich reagierte mit einer Gegenfrage. »Was haben Sie in dem Haus des toten Charlie gesucht?«

Er blieb stumm.

»Haben Sie ihn ermordet?«

Waller schnitt eine genervte Grimasse. »Viel Fragen auf einmal.« Nach einer Pause sagte er: »Haben Sie eine Zigarette?«

Ich schüttelte aus meiner Gauloise-Packung eine heraus und gab ihm Feuer. Waller blies den Rauch aus der Nase und sah abwesend aus dem Fenster. Er hatte die bescheuerte Perücke abgelegt.

»Sie haben Ihre komische Perücke in dem Haus gelassen.«

»Und?«

»Die Polizei wird sie finden und identifizieren. Dann sind Sie dran.«

»Ist mir doch egal.« Er grinste. »Sie halten mich wohl für saublöd! Ich hab die Perücke in eine Mülltonne geworfen.« Plötzlich bekam er feuchte Augen, sah durch mich hindurch. »Den armen Charlie hat ein Wahnsinniger erschossen.«

»Könnte es sein, dass sich der Killer geirrt hat und eigentlich Sie treffen wollte?«

Er zuckte die Achseln. »Weshalb?«

»Sagen Sie's mir!«

»Keine Ahnung.«

Sein Zopf hing müde vom Hinterkopf. Ich hatte Waller zum ersten Mal leibhaftig vor mir, bekam endlich einen unmittelbaren Eindruck von ihm. Ich betrachtete ihn verstohlen von der Seite. Er verkörperte gehobenes Bürgertum, Universitätsausbildung, Akademikerjob. Ich vermutete linke Ideale, die er später verraten musste. Fast alle Achtundsechziger kamen aus der Bourgeoisie. Da schien jetzt, wo alles zusammenbrach, der Weg zum Bankraub der logische Schritt.

»Wer hat den Banküberfall geplant?«

»Weiß ich nicht.«

Irgendwie glaubte ich ihm nicht. Waller sah mich mit düsteren Blicken an, als hätte ihn das Leben vor eine unlösbare Aufgabe gestellt.

»Was wollten Sie in der Bank?«

»Einen Kredit beantragen.«

»Als Arbeitsloser?«

»Ich-AG. Noch nichts davon gehört?«

Waller wurde langsam stinksauer. Er starrte auf die trockene Palme. Ich befürchtete, dass der ganze Frust aus ihm herausplatzen und er die Pflanze aus dem Topf reißen würde. Er atmete heftig, als würde er keine Luft mehr kriegen.

»Was haben SIE eigentlich mit dem Überfall zu tun?«, fragte er endlich.

»Ich suche die Bankräuber.«

»Sind Sie so eine Art Kopfgeldjäger?«

Waller sah so aus, als wirbelten in seinem Kopf abstruse Gedanken durcheinander. Es war nicht klar, ob er gleich schreien oder in Trauer versinken würde.

»Wie kommen Sie denn auf die irre Idee?«

Er zuckte die Achseln.

»Weshalb haben Sie der Zeitung dieses Schreiben geschickt?«

»Hab ich nicht. Ich bin ja nicht bescheuert. Den Quatsch haben sich die Bankräuber ausgedacht.«

»Wozu?«

»Vermutlich, um von sich abzulenken.«

»Konnten Sie das nicht verhindern?«

»Wie denn? Ich war gefesselt.«

»Wo waren Sie gefesselt? Und wo sind die beiden jetzt?«

Waller schüttelte verzweifelt den Kopf, als würde ich ihn mit meinen idiotischen Fragen in den Wahnsinn treiben.

»Wo sind die!« Seine Stimme überschlug sich. »Mann, was weiß ich? Weg. Abgehauen.«

»Was waren das für Leute?«

Er reagierte mit einer Gegenfrage. »Für wen arbeiten Sie eigentlich?«

»Das ist meine Sache.« Ich entschloss mich zu einer neuen Taktik.

»Kaffee?«

Zum ersten Mal hellte sich sein finsteres Gesicht auf. Er nickte und ging hin und her, die Fäuste geballt und kam in Kampfhaltung auf mich zu, als wollte er mir einen linken Haken verpassen.

»Ich mache Ihnen einen Vorschlag«, sagte ich, »wir sitzen im selben Boot. Gehen wir mal davon aus, dass Sie ohne eigene Schuld in den Überfall reingerasselt sind. Dann decken sich unsere Interessen: Wir wollen beide die wirklichen Schurken finden. Da wäre eine Zusammenarbeit doch sinnvoll?«

Waller grinste schief. »Welche Schurken?«

»Die Bankräuber.«

»Ach so. Wie stellen Sie sich die Zusammenarbeit vor?«

»Sie kennen die Identität der Bankräuber.«

Sein hinterhältiges Grinsen wurde breiter. Er setzte sich und schlug die Beine übereinander. »Hören Sie mir mal gut zu: Sie wollen mich aushorchen, um bei Ihrem Klienten Punkte zu sammeln und ein fettes Honorar zu kassieren. Aber was haben Sie mir anzubieten? Nichts. Ich hab keinen Job, dafür die Polizei am Hals ...«

»Okay. Möglicherweise hab ich doch was zu bieten. Zum Beispiel Kontakte zu den Bullen.« Er guckte überrascht, als hätte ich unerwartet ein Ei gelegt.

»Was für Kontakte?«

»Ich mach uns erstmal Kaffee.«

Ich drehte ihm in der Kochnische den Rücken zu und fürchtete, Waller würde abhauen, während ich die Kaffeemaschine in Gang setzte.

Er blieb aber sitzen.

»Milch, Zucker?«, fragte ich.

»Schwarz.«

Wir schlürften den heißen Kaffee.

»Weshalb gehen Sie nicht zur Polizei? Wenn Sie unschuldig sind, kann Ihnen nichts passieren.«

Er lachte heiser. »Das glauben Sie doch selbst nicht.«

»Ich weiß nicht, wie tief Sie mit drinhängen.«

Waller beherrschte sich mühsam. »Gar nicht. Hab doch gesagt, dass die mich als Buhmann benutzt haben.«

Natürlich steckte er bis zum Hals mit drin. Seine Idee war nicht dumm. Man erklärt einen Arbeitslosen zum

Kopf einer Bankräuberbande und weist als Nebeneffekt darauf hin, dass die Gesellschaft und die Wirtschaft nicht in der Lage sind, Arbeitsplätze zu schaffen. Dass ein Arbeitsloser gezwungen wird, Banken zu überfallen, ob er will oder nicht. Andernfalls würde er unter den Brücken landen.

»Wen haben Sie in dem Haus besucht? Charlie ist tot.«

»Das geht Sie einen feuchten Kehricht an.«

»Ich dachte, wir wollten zusammenarbeiten?«

Waller presste die Lippen aufeinander. »Dachten Sie!«

»Wie sind die beiden Bankräuber auf Sie gekommen?«

»Keine Ahnung«, knurrte er, »die haben mich bewusst ausgewählt. Die Nichtsnutze müssen mich beobachtet haben.«

»Kennen Sie die Typen, Waller?«

»Nein.«

»Natürlich kennen Sie sie. Sie sagen mir jetzt, was Sie in dem Haus in der Elkenbachstraße getrieben haben. Andernfalls liefere ich Sie den Bullen.«

Er sprang auf. »Das werden Sie bleiben lassen!«

Wallers Gesicht sah jetzt wie ein Mauerbruch aus, eine Ruine voller Falten und Untiefen. Trotzdem ahnte man, dass er früher mal ein kraftvoller Mann gewesen sein musste, ein König in einem Reich, doch er hatte sein Reich verloren. Die Ungerechtigkeit, auch noch zum Bankräuber gestempelt zu werden, musste seinen Überlebenswillen neu geweckt haben.

»Wer sind Sie überhaupt?«, brüllte er los. »Sie mieser Schnüffler und Kopfgeldjäger. Was geht Sie mein Leben an!«

»Beruhigen Sie sich!«

»Ich will mich nicht beruhigen.«

»Dann eben nicht. Aber Sie sehen das falsch, ich stehe auf Ihrer Seite. Wenn wir den Fall gemeinsam lösen, haben wir beide was davon.«

Waller kam mir vor wie eine Sphinx. Er wanderte wieder auf und ab.

»Setzen Sie sich, Sie machen mich nervös.«

Er blieb vor mir stehen. »Also gut, was haben Sie anzubieten?«

»Ich kenne jemand, der zu Ihren Gunsten aussagt.«

»Wer soll das sein?«

»Der Bankkunde, der zuletzt hereinkam und sich mit einem der Ganoven prügelte. Er glaubt, dass die Bankräuber Sie gezwungen haben, als Geisel mitzukommen.«

»Aha.«

»Ein Schuss ging los und verletzte eine Frau.«

»Das Mädchen war rattenscharf. Ich hab ihr meinen Kugelschreiber geliehen.«

Rattenscharf. Das passte zu Roderich W. Lugner wie die Faust aufs Auge.

»Wissen Sie, wie's ihr geht?«

»Schlecht. Kann sein, dass sie nicht überlebt.«

»Ist ja grauenhaft.« Er legte beide Hände vor die Stirn und bedeckte sein Gesicht.

Ich wartete eine Weile, bis er die Neuigkeit verdaut hatte.

»Haben Sie sonst noch was anzubieten?«

Ich überlegte kurz, ob ich den Köder auswerfen sollte.
»Wissen Sie, wo Sie untertauchen können?«

Waller schaute mürrisch an mir vorbei aus dem Fenster, fasste sich an die Nase, sagte aber nichts.

»Ich könnte Ihnen ein Versteck anbieten.«

Er zog erstaunt die Augenbrauen hoch, wollte etwas sagen, als das Telefon läutete. Roderich W. Lugner fragte mit geschäftsmäßiger Stimme: »Wie weit sind Sie?«

»Ich komme voran.«

»Geht's etwas genauer?«

Er hatte eine knarrende Stimme wie Paul Muni in Scarface, schien einem Gangsterfilm aus den dreißiger Jahren entsprungen, mit einer Knarre im Schulterholster.

»Hören Sie, Lugner, das ist ein sehr ungünstiger ... he, was ist?«

Waller war am Beginn des Telefonats wie ein Gehetzter aufgesprungen und zur Tür gejagt. Sein Haarschopf flatterte hinter ihm her. Ich wusste nicht, dass er so schnell sein konnte. Er riss die Bürotür auf, war draußen und stieß sie mit lautem Knall zu.

Ich legte den Hörer weg und rannte ihm nach. Als ich die Tür öffnete, hörte ich, wie unten die Haustür ins Schloss fiel.

Vom Fenster aus beobachtete ich, wie Waller die Berger Straße hinunterrannte und zwischen einer Menschengruppe verschwand.

Ich nahm den Hörer wieder auf.

»Wo sind Sie denn?«, hörte ich Lugner schreien.

»Verdammter Mist! Sie haben im falschen Augenblick angerufen. Eben ist mir mein wichtigster Zeuge durch die Lappen gegangen.«

Lugners Ton wurde schärfer. »Ihr Problem, Merton! Wenn Sie nicht bald Ergebnisse liefern, ist der Auftrag gestorben.«

Er legte auf.

Meine Abneigung gegen Roderich W. steigerte sich. Ich hätte ihn am liebsten irgendwo hingetreten, wo's höllisch weh tut.

17

Ich war angearscht. Mein wichtigster Zeuge war futsch und der Auftraggeber drohte, mir den Job zu kündigen.

Und absolut sinnlos, Waller auf der Berger Straße hinterher zu hecheln bei dem Vorsprung, den er besaß. Auf der Berger gibt's an jeder Ecke Cafés, Lokale, Bistros, Seitengassen, Läden, Hinterhöfe, Haustüren. Einen halbwegs cleveren Typ findest du da nie wieder.

Marietta Helbig, die frisch operierte Verlobte des Auftraggebers, war meine letzte Chance. Ich rief beim Bürger Hospital an und fragte nach ihr. Sie lag noch immer auf der Intensivstation.

Es passte alles zusammen.

Das Fernsehen berichtete, dass in einem Versandhaus in Pforzheim ein junger Mann mit einem Samurai-Schwert herumfuchtelte und Frauen erstach. Eine war bereits tot, weitere schwer verletzt. Auf Bali schlugen Terroristen zu. Die Welt war ein Irrenhaus.

Ich rief Lisa Maler an, um mich mit ihr zu verabreden. Vielleicht gab's neue Erkenntnisse über den Lippenstift oder DNA-Analysen der Zigarettenkippe. Sie war nicht erreichbar, unterwegs auf Verbrecherjagd.

Ich verließ das Büro. Waller blieb unsichtbar. Er saß wohl gemütlich in einem Lokal und lachte über mich. Am Merianplatz setzte ich mich ins Leon Garcia und bestellte einen Mochito. Dann noch einen.

Nach dem Scheitern meiner Ehe und dem Ausscheiden aus dem Polizeidienst vor sieben Jahren hatte ich oft gefeiert. Die ersten Aufträge als Privatdetektiv liefen gut, obwohl ich nicht dem Bund Deutscher Detektive angehöre. Ich war der Star, bekam einen Ruf als Superdetektiv, der jeden Fall löste. Ich war von Beginn an eine Einmannfirma. Wenn ich einen Anwalt, einen Fingerabdruckspezialisten oder einen Gerichtsmediziner brauchte, holte ich mir den von draußen. Ich löste Fälle von Versicherungsbetrug, Ehebruch und Wirtschaftsspionage. Auch einen Mordfall. Irgendwann wurde ich übermütig, soff mit Freunden die Nächte durch, ließ es krachen, trank immer mehr, eine Flasche Wodka pro Nacht war normal. Ich bin kein Alkoholiker. Das ist genetisch bedingt. Irgendwann musste ich dafür bezahlen, meine Aufträge wurden rarer, dafür mein Verhältnis zu den Medien turbulenter. Hätte ich die letzten sieben Jahre meditiert, wäre ich vermutlich gesünder.

Nach dem dritten Mochito im Leon Garcia ging ich zu schärferen Sachen über und lud ein paar Typen zum Mittrinken ein. Dann kann ich mich an nichts mehr erinnern.

Am andern Morgen erwachte ich mit einem dicken Kopf. Ich verfluchte Waller und Roderich W. Lugner und dann verfluchte ich beide gleichzeitig. Ich taumelte in der Bude herum, rasierte mich, sah im Spiegel meine glasigen Augen und beschloss, noch eine Runde zu schlafen. Als ich wieder zu mir kam, trank ich eine Kanne Kaffee und fuhr nach Bockenheim in den Weingarten, um das Sprachlabor zu observieren. Dünne, dicke und ältere Schüler gingen ein und aus, von Waller keine Spur.

Am nächsten Tag dasselbe Bild.

Frankfurt ist eine Metropole ohne Leitbild, die Verunsicherung der Moderne wird hier virulent. Mit ihrem Image als multikulturellem Moloch muss sie leben. Ich lebe auch hier.

In einem Boulevardblatt las ich, dass kesse Bräute einem Bademeister im Freibad an die Wäsche gegangen waren. Und in Afrika eine Heuschreckenplage herrschte.

Von Lugner hörte ich zum Glück nichts. Für mich gab es keinen Grund, ihn anzurufen. Ich konnte seine Gangsterstimme sowieso nicht ertragen. Einmal dachte ich daran, ihn zu beschatten. Aber wozu? Er war schließlich mein Auftraggeber. Es sah so aus, als käme ich keinen Schritt weiter in dem Fall.

Am Mittwoch ging ich zur Hauptwache und hörte Christof Schlingensiefs Provokationen. Seine Arbeitslosen saßen auf den Pfählen, schon ziemlich schlapp. »Dort drüben«, trällerte der Provokateur zu Popmusik, »das Hochhaus ist eine Bank, seht hin, alle Fenster leer, die Angestellten sind entlassen, die Bank ist pleite, die arbeitslosen Banker schließen sich unserer Church of Fear an.« Eine weißhaarige Oma hatte alles missverstanden und dachte, Schlingensief rufe zum Terror auf. Es fiel ihm schwer, sie vom Gegenteil zu überzeugen.

Bei einem erneuten Anruf im Bürger Hospital erfuhr ich, dass Marietta Helbig demnächst die Intensivstation verlassen würde.

Ein kleiner Lichtblick.

Am Donnerstag saß ich morgens mürbe in meinem Büro und widerstand mit knapper Not der Versuchung, eine Flasche Wodka zu entkorken. Noch ehe ich den Korken ziehen konnte, erhielt ich einen Anruf.

»Wir haben eine Tote«, sagte Lisa Maler kühl.

»Und wer?«

»Celestine Blaschke, sie arbeitete in der Zweigstelle der Bank, die überfallen wurde.«

»Ich erinnere mich an sie. Wie wurde sie umgebracht?«

»Erschossen.«

»Habt ihr den Täter?«

»Noch nicht.«

Ich verabredete mich mit der Kommissarsanwärterin für den Abend beim Spanier.

SIEBTES KAPITEL: WALLER

In diesem Leben
stirbt man leicht und gern.
Bedeutend schwerer ist:
Das Leben meistern.
WLADIMIR MAJAKOWSKI

18

Waller biss in sein Sandwich mit Hähnchenfleisch und Salat und schluckte das kühle Pils runter. Starrte auf die Berger. Vom Bistro Mirador hinten an der Wand konnte man die Straße gut überblicken.

Mertons Schädel war fast kahl, ein paar Lockenreste erinnerten daran, dass er früher mal mehr Haare auf dem Kopf gehabt haben musste. Sein Kinn war unrasiert und die Augen fixierten einen wie ein Insekt. Seine raue Stimme war immer leicht belegt. Dazu die mühsam kaschierte arrogante Sprechweise. Hatte er, Waller, nicht schon genug Ärger am Hals? Musste ihm ein dahergelaufener Privatschnüffler auch noch dumm kommen?

Am Nebentisch löffelte ein schwarzhaariges Mädchen mit gepiercten Lippen und Tristesse in den Augen gelangweilt ihr Schokoladeneis.

Sah so aus, als hätte der unverschämte Detektiv die Verfolgung aufgegeben ...?

Christina in Bockenheim. Ob Merton diesen Fluchtpunkt auch schon herausgefunden hatte? Zuzutrauen war es ihm. Waller war's egal.

Nachts träumte er davon, wie er im Arbeitsamt in der Fischerfeldstraße durch labyrinthartige Flure rannte. Alle Türen waren verschlossen und es roch nach Bohnerwachs und nach Müll, süßlich und schwer, ein chemischer Geruch. Etwas war hinter ihm her, es schwebte,

Waller konnte es nicht abschütteln, er wollte schneller laufen, aber er konnte nicht, es drohte ihn einzuholen. Das Grauen. In seine Ohren dröhnte das perlweiße Lachen von Frau Renate Schmöller, der Sachbearbeiterin, die ihm Jobs anbot, die es nicht gab. Sie reichte ihm seine zweiundneunzig vergeblichen Bewerbungen über den Tisch, lachte verschwörerisch hinter ihrer rosa Hornbrille und forderte ihn auf, zu gehen, aber er fand nicht aus dem Labyrinth.

Waller stöhnte.

Und erwachte.

Er stand auf und trank in der Küche ein Glas Wasser. Draußen war schwarze Nacht.

Es regnete.

Am Sonntagmorgen, nach dem Frühstück mit Christina, hatte er sich eine Perücke aufgesetzt und einen falschen Bart angeklebt.

Charlie Hasenfurter war tot, konnte ihm nicht mehr helfen. Aber die Elkenbach, diese mörderische Straße, zog ihn magisch an. Er hatte in der Wohnung der Bankräuber, zu der er von Charlie den Schlüssel besaß, herumgewühlt. Zwei Zimmer und eine vergammelte Küche. In den Räumen herrschte die Wildnis; Klamotten, Zeitschriften, Dreck und Bierdosen überall. Es sah so aus, als wäre das Bankräuberpaar nur kurz mal weggegangen.

Waller stöberte in dem Krempel herum in der Hoffnung, was Brauchbares zu finden, ein Adressbuch, Aufzeichnungen oder Fotos, irgendwelche Hinweise auf den Fluchtweg der Gangster. Aber es sah nicht so aus. Oder er übersah es. In der Küche hing an der Wand eine Straßenkarte vom Elsass. Der Ort Dambach-la-Ville war mit gelbem Filzstift markiert. Was immer das bedeutete. Elsass? Waren sie dorthin geflüchtet? So blöd konnten sie nicht sein, ihr Versteck zu verraten. Andererseits: Es waren Amateure.

Gut, würde er eben ins Elsass fahren.

Waller überlegte, wer ihm einen Wagen leihen könnte. Max Schwerdtfeger, ein Kumpel von früher, besaß einen alten VW, mit dem er nie fuhr, denn er arbeitete in der City in einer Bank.

Konnte er es riskieren, mit einem Bankmenschen Kontakt aufzunehmen? Eine andere Idee hatte er aber nicht. Er musste nach Dambach-la-Ville fahren, die Chance durfte er nicht verpassen.

Er rief Max von einer Telefonzelle aus an. Der beendete mit Frau und Kind eben ein spätes Mittagessen.

»Hallo, Waller, alter Spanier! Lange nichts gehört. Wie läuft's?«

»Danke gut. Und bei dir?«

Max erwähnte den Banküberfall nicht. Vielleicht hatte er nichts davon mitbekommen, was unwahrscheinlich war. Sie plauderten über alte Zeiten. Waller verriet nicht, dass er arbeitslos war, er empfand es plötzlich als Makel. Max war jemand, der Arbeitslose für Penner hielt.

»Gibst du noch deine Seminare an der Volkshochschule?«

»Ja, ja. Hör zu, Max. Mein BMW ist in der Inspektion. Ich müsste dringend für zwei Tage wegfahren. Könntest du mir deinen alten VW leihen?«

Max zögerte. »Du weißt ja, Frauen und Autos soll man nicht verleihen.«

»Hm ...«

»Bist du inzwischen auch verheiratet?«

»Nein.«

»Du Glücklicher!«

Er hörte Neid aus seiner Stimme. Giftig grünen Neid. Max, der Weiberheld, war an der dominanten Ann-Katrin hängen geblieben. Waller grinste in sich hinein.

»Hör mal«, sagte Max, »dieser Banküberfall am Friedberger Platz. Da war von einem Waller die Rede, einer angeblichen Geisel ...«

»Du glaubst doch nicht, dass ich etwas damit zu tun habe?«

»Nein, wieso?«

»Also, was meinst du ...?«

»Da fällt mir ein, dass ich den Wagen morgen selber brauche«, sagte Max.

»Wenn das so ist ...«

Armleuchter! Hortet die Kohle als sei es sein eigenes Geld, verweigert dem kleinen Bankkunden die Kredite und lenkt die Geldströme rund um den Erdball in die Kanäle des Großkapitals.

Waller beendete das Gespräch abrupt.

Würde er eben das Elsass vergessen. War sowieso eine falsche Spur.

Nachts träumte er davon, dass er sich beim Doktor im Wartezimmer befand. Er saß da unter unzähligen Frauen, vollbusigen Brünetten und hexenhaften Schönheiten, und wurde nie aufgerufen. Nach Stunden beschwerte sich Waller bei der Arzthelferin, einer Blondine mit Leberfleck, die falsch lächelte. Die Zeit drehte sich in rasendem Rhythmus, Waller stöhnte und erwachte in Schweiß gebadet.

Er stand auf, zog ein trockenes T-Shirt an und trank in der Küche ein Glas Wasser. Draußen war dunkle Nacht.

Und es regnete.

19

Waller igelte sich im kleinsten Raum der Sprachschule ein, blieb tagelang unsichtbar. Die Zeit verschluckte ihn wie einen Schiffbrüchigen. Manchmal klopfte Christina an seine Tür, doch er rührte sich nicht. Waller nahm nichts zu sich, nur Mineralwasser. Er fühlte sich wie in Isolationshaft, wollte an nichts denken, sich an nichts erinnern, nicht sein. Es gelang ihm nicht. Immer wieder sah er die toten Augen von Charlie vor sich. Nach drei Tagen bestellte er sich telefonisch eine Pizza. Sie blieb ihm im Hals stecken.

Sollte er anstelle von Charlie getötet werden?

Wer war der Mann mit der Kalaschnikow?

Warum Charlie?

Waller bekam Halluzinationen. Von weitem sah er fünf Reiter, winzig klein. Sie galoppierten dahin, schienen zu fliehen vor einer Sanddüne in der Sahara wie eine Kameltreibertruppe. Dahinter ein schmaler hellblauer Streifen. Das ferne Meer. Ein Bild aus seiner Kindheit in Afrika.

Als er einmal von der Toilette zurückkam, saß Christina in seinem Zimmer.

»Lebst du noch?«

Er sah an ihr vorbei.

»Was ist mit dir?«

»Nichts.«

Sie hielt ihm eine Bild-Zeitung vors Gesicht mit einer knallig roten Schlagzeile. »Bankräuber Waller ermordet einen unschuldigen Jungen.«

Ein windiger Reporter hatte bei der Polizei die Sache mit Wallers Fingerabdrucken im Keller herausgefunden und daraus eine Sensationsstory gedrechselt.

»Willst du was dagegen unternehmen?«

»Und was?«

»Keine Ahnung. Vielleicht einen Anwalt einschalten?«

Waller zuckte die Achseln. Es schien ihm egal zu sein. Er war nur noch ein Schattenriss. Er sollte zur Polizei gehen, dann hätte er es hinter sich. Aber er konnte nicht.

»Willst du die Pizza nicht essen?«

»Geht nicht. Hast du einen Schluck Wasser?«

Christina war der einzige Mensch, der ihm half. Aber er konnte nicht ewig in ihrer Schule herumhängen. Wenn ihn die Polizei hier fand, machte er sie mitschuldig.

Christina brachte ihm ein Glas Wasser. Dann brachte sie ihm frische Unterwäsche, eine Jeans, ein kariertes blaues Hemd.

»Zieh das an!«

Waller zwang ein Lächeln auf seine Lippen. »Ich war die größte Fehlbesetzung in deinem Leben.«

»Red keinen Mist!«

»Doch. Wär besser, du hättest mich nie kennen gelernt. Ich mach dir nur Ärger.«

Dann wusste er es. Er musste weg von hier. Ganz schnell. In diesem Raum würde er verrückt werden. Immer würden ihn die toten Augen von Charlie anstarren.

Er hatte einen Einfall.

Nein, sogar zwei.

Die Presse musste ihn retten. Das war ein Weg. Weshalb war er nicht längst darauf gekommen? Er würde ihnen ein Interview geben an einem geheimen Ort. Die Sache gerade rücken. Sagen, wie es wirklich war. Aber wie war es denn wirklich?

Weshalb nicht einen Detektiv einschalten, wenn er schon mal da war? Die aufgeblasene Spürnase konnte endlich ihre Existenzberechtigung nachweisen und für ihn arbeiten. Seinen Fall lösen, indem er dem Mörder von Charlie auf die Spur kam.

Das war's doch!

ACHTES KAPITEL: MERTON

Im nächsten Jahr wird die Erde uns bedecken,
Jetzt stehen wir hier und sehen den Mädchen,
die vorbeikommen, nach und lachen
KENNETH PATCHEN

20

Ich besaß noch ein Dutzend Aktien.

In der Financial Times Deutschland las ich, dass die Deutsche Bank in diesem Jahr sieben Milliarden Euro Steuerrückzahlungen vom Staat kassiert und einen Rekordgewinn von zehn Milliarden eingefahren hatte. Zur gleichen Zeit entließ die Bank vierzehntausend Mitarbeiter. Cashflow über Leichen! Durch Fokussierung auf das Kerngeschäft und Verbesserung der Bilanzsteuerung sowie Optimierung des Asset Managements versprach man weitere Rekordgewinne. Meine Aktien stiegen nur minimal in einer lahmen Seitwärtsbewegung. Wo blieben die Milliardengewinne der Bank?

Ich malte mir aus, wie gefeuerte Bankangestellte sich zu Räuberbanden zusammenrotteten, um den größten Bankraub aller Zeiten zu organisieren und wie die Bankentürme schwankten und die Bankmanager an den Laternenpfählen hin und her baumelten wie Wischlumpen.

Lisa hatte keinen Appetit auf spanisches Essen, obwohl Tapas-Lokale mega-in waren. Wegen des Ausblicks wollte sie auf den Main Tower, der bei klarer Sicht beachtlich ist. Aber es herrschte diesiges Wetter. Trüb und grau. In zweihundert Metern Höhe erschien die Stadt unten wie von der Hand eines Riesen hingeworfen. Die Züge wanden sich als Nebelschlangen in den Bahnhof und die Hochhaustürme mutierten zu Kinderspielzeug, auf ihre wahre Größe zurechtgestutzt. Ein paar Wolken hingen wie weiße Wollfetzen über den Stadtvierteln.

»Man sieht ja nichts!«

Lisa guckte mich dabei an, als wäre ich für die Sicht verantwortlich. Sie konnte bockig sein.

»Du wolltest hier rauf.«

Ich spürte sofort, dass sie gaga war an diesem Abend. Sie hatte sich über Lehmann, diese Pfeife von einem Kommissar, geärgert. Doch obwohl sie übel gelaunt war und nervig, wirkte ihre pure Anwesenheit auf mich wie Zauber. Na, sagen wir mal, sie war nicht unangenehm. Manche Frauen werden schöner, wenn sie wütend sind. Lisas samtene Wimpern glitzerten und schienen zu vibrieren, wenn sie sich erregte. Und sie war ständig aufgebracht, schien kurz davor zu explodieren. Ich musste mich gegen ihre Geheimwaffen wappnen, um bei klarem Verstand zu bleiben.

»Ist dir eine Laus über die Leber gelaufen?«, fragte ich unschuldig.

»Fängst du auch noch damit an«, fauchte sie und blitzte mich böse an.

»Sorry! Wie wär's mit Sekt?«

Sie nickte und brummelte. »Hm.«

Ich winkte dem Kellner.

»Du siehst heute aus wie aus der Mülltonne gezogen«, bemerkte sie kritisch.

»Kein Wunder bei deinem Gesicht.«

Der Sektkübel kam und wir stießen an. Lisa schluckte den Mumm dry runter, als wär's Wasser. Ihre Laune schien besser zu werden, sie legte nicht mehr so oft die Stirn in Falten. Irgendwann würde es passieren und wir würden miteinander schlafen, wann und wo stand in den Sternen.

»Lehmann wollte mir den Bankräuberfall wegnehmen«, gestand sie mit kurzem Augenaufschlag.

»Und weshalb?«

»Er glaubt, dass ich in die falsche Richtung ermittle. Er hält Waller für die zentrale Figur ...«

»Du nicht?«

»Ich glaube nicht daran. Vor allem nicht nach der Ermordung von Frau Blaschke.«

»Hängt ihr Tod mit dem Banküberfall zusammen?«

»Davon kann man ausgehen.«

In ihrem wilden Stolz erinnerte mich Lisa jetzt an Ava Gardner, die barfüßige Gräfin. Vermutlich sehe ich mir zu oft alte Bogartfilme an.

»In Celestine Blaschkes Wohnung von der Sparkasse hatten sich Belege dafür gefunden, dass sie mit den Bankräubern unter eine Decke gesteckt, ihnen die entscheidenden Hinweise gegeben hatte.«

»Deshalb musste sie sterben?«

Lisa kaute auf einer Olive herum. »Hm. Vermutlich wusste sie zu viel.«

Ich sah aus dem Fenster. Ein lauer Abend. Morgen würde es wieder brütend heiß werden. Die Taunushänge und der Feldberg lagen unter uns so nah, als könnte man hinüberspucken. Der Tower ist vierundfünfzig Stockwerke hoch, eine Distanz, die der Lift in knapp fünfunddreißigSekunden überwindet.

»Und was hat das mit Waller zu tun?«

»Gar nichts.« Lisa verzog ihr Gesicht zu einer harlekinesken Grimasse. Sie verfügte über erstaunliche schauspielerische Fähigkeiten. »Lass mich mit dem zufrieden. Ich hab ihn verhaftet. Und dann stellte sich heraus, dass es der Falsche war. Der Typ sah ihm aber unbedingt ähnlich, hieß auch Klaus Waller und war Versicherungsagent und wohnte ebenfalls in Bornheim. Ich musste ihn laufen lassen.«

»Vielleicht führt Waller ein Doppelleben?«

»Red keinen Stuss!«

Der Kommissar hatte ärgerlich reagiert, weil Lisa im Nebel herumstocherte und falsche Leute verhaftete. Dass Waller einen Doppelgänger haben sollte, war ein neuer Aspekt. Hieß er nicht Klaus-Dieter mit Vornamen? Sollte ich Lisa sagen, dass ich den richtigen Waller geschnappt hatte und er mir wieder entwischt war? Ja, aus Gründen der Fairness sollte ich, andererseits ...

»Wie wurde die Blaschke erschossen?«, fragte ich.

»Der Täter feuerte drei Schüsse ab, zwei gingen in die Wand, vermutlich Warnschüsse. Der dritte Schuss traf sie mitten in die Stirn. Sie war sofort tot.«

»Waffe?«

»Eine 357er Magnum.«

»Klingt nach einer Hinrichtung.«

An dem Tag waren größere Auszahlungen an verschiedene Firmen und Vereine fällig gewesen, deshalb lag überdurchschnittlich viel Bargeld in der Zweigstelle. Die Blaschke hatte den Bankräubern die entsprechenden Informationen geliefert. Man konnte davon ausgehen, dass sie von dem geraubten Geld ihren Anteil kassiert hatte, gefunden wurde davon aber nichts bei ihr.

»Lehmann vermutet, dass Waller der Täter war?«

»Ja.«

»Welchen Grund sollte Waller haben, die Blaschke umzubringen?«

»Streit um die Beute.«

»Und der Kommissar glaubt, dass Waller auch den Jungen erschossen hat? Ist das nicht zu simpel?«

»Lehmann hat sich auf diesen Waller eingeschossen. Es scheint alles so schön zu passen. Er war beim Überfall in der Bank, dann das Bekennerschreiben, und wir haben Fingerabdrucke von ihm im Keller gefunden, in dem Charlie Hasenfurter erschossen wurde.«

»Waller, der Terrorist.«

»Arbeitslos ist er auch. Das passt alles so schön.«

»Aber du hast Zweifel?«

»Ja. Im Keller des Hauses fanden sich Spuren, dass Waller dort gefesselt war, stundenlang gefangen gehalten wurde. Wie konnte er da nachts vom Internet-Café aus ein E-Mail an die Zeitung schicken? Der Schuss auf Charlie erfolgte durch ein Kellerfenster. Waller war aber zu der Zeit im Keller. Das passt alles nicht zusammen.«

»Klingt vernünftig. Weshalb konntest du den Kommissar nicht überzeugen?«

Lisa zuckte die Achseln. »Vielleicht ändert er seine Meinung, wenn wir Waller erwischt haben und ihn verhören können.«

»Ich glaub auch nicht, dass er der Täter ist.«

»Die Blaschke wurde mit einer Magnum erschossen,

Charlie mit einer Kalaschnikow. Waller müsste ein ganzes Waffenarsenal haben.«

Das hielt ich nun kein Argument. Es gibt Waffennarren, die weitaus mehr in ihrer Sammlung zu bieten haben. »Wie war die Spurenauswertung im Fall Blaschke?«

»Der oder die Täter hinterließen keine Fingerabdrucke, aber wir haben Hautfetzen gefunden. Durch die DNA-Analyse werden wir ihn oder sie identifizieren können. Wir hoffen, dass sie sich in unserem Zentralcomputer finden.«

»Was habt ihr noch?«

»Neben der Toten lag wir einen Schlüssel mit Anhänger und einer Hasenpfote.«

»Was für Schlüssel?«

»Hausschlüssel oder Wohnungsschlüssel.«

»Die eigene Wohnung?«

»Nein.«

»Ihr müsst nur noch das Haus dazu finden?«

»Hm.«

»Und die Hasenpfote?«

»Vielleicht ein Talisman.«

Celestine Blaschke wollte zu viel vom Kuchen und bekam stattdessen ein Loch in den Kopf. Das leuchtete ein. Es konnte aber auch ganz anders gewesen sein. Ich überlegte, ob Blaschke vielleicht den Waller gekannt haben konnte.

Arbeitsloser erschießt korrupte Bankerin! Das wäre doch eine Schlagzeile wert. Ich konnte mich immer noch nicht dazu durchringen, Lisa meine Begegnung mit Waller zu verraten. »Was ich dir noch nicht verraten habe:

Frau Blaschke wurde verstümmelt, man hat ihr ein Auge ausgestochen.«

»Ein bestialischer Racheakt?«

»Sieht so aus.«

»Man sagt, der Mensch sei ein wildes Tier. Aber er ist schlimmer. Wilde Tiere töten, wenn sie Hunger haben. Menschen übertreffen in ihrer barbarischen Grausamkeit und Mordlust jedes Tier.«

»Schrecklich, nicht wahr?«

»Ja. Habt ihr schon eine Spur von Waller?«

»Nein. Ist wohl ins Ausland geflüchtet. Der Kommissar glaubt aber nicht daran. Er denkt, dass sich die Bankräuber noch irgendwo in Frankfurt versteckt halten. Lässt alle einschlägigen Bars und Bordelle kontrollieren.«

»Den Lippenstift vom Banküberfall konntet ihr nicht identifizieren?«

»Nein. Offensichtlich ist die Bankräuberlady nicht vorbestraft. Erstaunlich, dass sie einen so billigen Lippenstift benutzt.«

Lisas Laune hatte sich gebessert, sie war wieder wohl temperiert. Und sie war nicht mehr bockig.

Wir tranken noch eine zweite Flasche Rotwein, prosteten uns zu und Lisa nahm sich mit Genuss ihren Lammspieß vor.

21

Am nächsten Vormittag meldete sich Lisa telefonisch. »Wir haben das Ergebnis der DNA-Analyse. Der Typ heißt Miroslav Vacek, stammt aus Prag und benutzt den Decknamen Ralf Montabaur.«

»Wie der Ort?«

»Genau. Er ist vorbestraft wegen Körperverletzung, Hehlerei, Menschenhandel und Geldwäsche. Die Delikte liegen aber schon Jahre zurück.«

»Und wo steckt er jetzt?«

Ich hörte sie tief durchatmen. »Aufenthalt unbekannt. Er war mal in Augsburg gemeldet. Aber wir kommen ihm auf die Spur.«

»Das ist doch was.«

»Und jetzt halt dich fest: Die Blaschke war Tschechin, sie stammt auch aus Prag.«

»Wie Montabaur? Kannten sich die beiden von früher?«

»Davon kann man ausgehen.«

»Und was hat dieser Montabaur oder Vacek mit dem Bankraub zu tun?«

»Wissen wir noch nicht. Die Bankräuber könnten ihn als Killer angeheuert haben. Meine Theorie ist ja, dass es sich bei den Bankräubern nicht um Profis handelt. Deshalb sind sie so unauffindbar, weil im Milieu unbekannt. Auch Amateure können profihaft arbeiten.«

Da war was dran. Ich bewunderte Lisa, sie war ein kluges Mädchen, machte sich unabhängig vom Kommissar ihre eigenen Gedanken. Dass sie mir das alles verriet, war ein glücklicher Umstand, der mir zugute kam. Aber Lisa war launenhaft, sie konnte jederzeit dicht machen. Dann sah ich alt aus. Sie riskierte Kopf und Kragen, indem sie an mich, einen Privatschnüffler, polizeiliche Ermittlungen weitergab. Das war ihr sicher bewusst.

Montabaur. Was bedeutete dieser merkwürdige Name? Ich trieb mich nachts in der »Blue Angel Bar« in der Elbestraße herum und fragte nach Montabaur. Die erblondete Barfrau mit den Silikonlippen kannte ihn nicht. Der Rausschmeißer auch nicht. Nie gehört. Kein Mensch kannte diesen Typ. Dann war ich im »Blues & Beyond« in der Berger Straße. Auch hier Fehlanzeige. Vielleicht hatte ich aber nur in den falschen Lokalen recherchiert.

Ich wunderte mich, weshalb sich Lugner nicht meldete. Konnte mir aber egal sein. Ich rief meinen Kumpel Wolf in Wiesbaden an, einen Internet-Guru, und fragte ihn, ob er im Netz etwas über Montabaur herausfinden könnte. Das ist ein Ort, sagte er. Ja, das weiß ich. Aber auch ein unbekannter Killer, den ich suche.

Zwischendurch ging ich am Mainufer spazieren. Es war wieder ein sonniger Tag. Badewetter. Vielleicht sollte ich mal schnell ins Schwimmbad gehen und eine Runde kraulen. Aber ich mochte Schwimmbäder nicht besonders.

Lisa rief am Abend an und sagte, sie sei wieder auf Diät. Aber in einer Woche würde sie mich zum Essen einladen. Ich würde mich wundern, sie sei eine gute Köchin. Darauf war ich gespannt.

Bei der Blaschke musste es um Erpressung gegangen sein. Sie wollte von den Bankräubern mehr von der fetten Beute haben und Montabaur hatte störrisch reagiert. Mit einer 357er Magnum.

Alles falsch. Montabaur gab's gar nicht. Er hieß ja Vacek, Miroslav Vacek.

Da würde ich ansetzen.

Ein helles Klingeln riss mich aus meinen Gedanken, Anruf von Wolf aus Wiesbaden:

»Es gibt eine Telefonnummer in Monheim mit Gert & Eva Montabaur«, sagte er mit ruhiger Stimme, »aber die Nummer scheint tot zu sein. Die haben wohl die Telefonrechnung nicht bezahlt.«

»Danke für deine Mühe.«

»Schon okay.«

Es war einer dieser beschissenen Montage. Man sollte die Woche besser mit einem Dienstag beginnen.

22

Am Morgen trank ich eben meine zweite Tasse Kaffee, als mir die Schlagzeile der »Frankfurter Rundschau« ins Auge stach:

Bonnie & Clyde schlagen erneut zu!

Es war durchgesickert, dass sich hinter dem vermummten Räuberduo ein Liebespaar verbarg, das in Frankfurt mit weiteren Banküberfällen für Aufregung sorgte: die Lady in Gelb und ihr schwarz gekleideter Freund. Diesmal schlugen sie in einer Zweigstelle der Stadtsparkasse in Fechenheim zu. Die Aktion war eine Kopie des Überfalls im Nordend. Wieder ging es nicht unblutig ab, weil ein Bankangestellter den wilden Mann spielen musste und die »Gelbe« attackierte. Der Banker bekam aber nur einen Streifschuss ab.

Das Paar hatte auch diesmal den Bankraub perfekt geplant. Nach drei Minuten und einundvierzig Sekunden waren sie mit der Beute, achtunddreißigtausend Euro, auf Nimmerwiedersehen verschwunden – ein Spuk am helllichten Tag. Als die Polizei eintraf, fand sie nur noch verstörte Bankkunden und geschockte Angestellte vor. Die Bankräuber hatten an den Bankschalter einen Schriftzug geklebt, mit rotem Lippenstift gemalt, Marke Essence 20 Wild Thing:

Friede den Hütten! Krieg den Palästen!

Ein Zitat aus dem »Hessischen Landboten«. Sie kannten offensichtlich ihren Georg Büchner. Die Zeitung brachte als Unterzeile: Das klassisch gebildete Bankräuberpaar wieder in Aktion.

Es sah nach einem politischen Motiv aus.

Der mit W. abgekürzte Arbeitslose kam diesmal nicht vor. Dafür fand ich im Lokalteil als Aufmacher ein großes Foto von Waller. Auf seinem Gesicht spiegelten sich Gitterstäbe, als wäre er eingekerkert. Er hatte ein Interview gegeben mit dem Bekenntnis:

Ich bin kein Bankräuber und kein Rädelsführer!

Waller beteuerte, dass er von den wirklichen Ganoven als Kunstfigur missbraucht worden sei und man seine Notlage als politischen Schachzug instrumentalisiert habe. Er zeigte aber Verständnis für die Bankräuber und sprach von gestörten Subjekt-Objekt-Beziehungen, der Aufkündigung jeglicher Solidarität, dem Verlust aller Werte und der hemmungslosen Ausbeutung des Menschen durch den Menschen im Cowboy-Kapitalismus. Das treibe eine verratene Jugend in einer Bankenstadt wie Frankfurt dazu, auf relevante Weise zu rebellieren.

Irgendwie sprach dieser Waller in einem verdrehten Vokabular. Der Mann war ein altlinker Weltverbesserer, er lebte noch in versunkenen Vergangenheiten. Er war bereit, sich der Polizei zu stellen, wenn man ihm eine faire Behandlung zusagte. Dazu lieferte Hauptkommissar Lehmann einen knappen Kommentar: »Die Polizei akzeptiert keinerlei Vorbedingungen. Wo kämen wir denn da hin? Mit Bankräubern verhandeln wir nicht.« Ich stellte mir bei dieser Aussage Lisa Malers Gesicht vor – es war vermutlich zur Grimasse erstarrt.

Man sieht nicht immer alles und hört nicht immer alles, aber man spürt, dass etwas vor sich geht. Vielleicht waren Bonnie und Clyde gestern in der City vor mir die Rolltreppe hochgefahren und ich hatte sie nicht erkannt? Oder sie saßen in einer Bar neben mir und tranken Latte macchiato, die schussbereite Waffe im Gürtel versteckt? In der Öffentlichkeit existierten keine amtlichen Fotos von ihnen und auch keine inoffiziellen. Und die Bilder der vermummten Bankräuber hielt die Polizei unter Verschluss. Niemand wusste, wie sie wirklich aussahen. Eine Zeitung brachte dafür ein Foto von Faye Dunaway und Warren Beatty, die im Bonnie-und-Clyde-Film das berühmte Gangsterpaar gespielt hatten.

Das Bankräubertum erlangte allmählich Kultstatus.

Mittwochvormittag erhielt ich überraschend Besuch. Ich saß im Büro und dachte über meine groteske Lage nach. Ich sollte für Roderich W. Lugner zwei Bankräuber aufspüren, die mir täglich sympathischer wurden, für die ich hoffte, dass sie nie gefasst wurden und nicht wie ihre Vorbilder im Kugelhagel der Polizei endeten. Da hörte ich den Summer an der Tür, drückte drauf und Sekunden später stand Wallers gebeugte Gestalt vor mir. Sein Kopf saß zwischen den eingezogenen Schultern als fürchtete er sich vor der Welt und dem Leben.

Er starrte verlegen auf den Boden.

»Sieh mal an, Herr Waller persönlich!« Ich war selbst überrascht vom Sarkasmus in meiner Stimme.

Sein Kinn war frisch rasiert. Er steckte in einem zu weiten Jackett und sah wie durch den Fleischwolf gedreht aus, die Wangen voll dunkler Runen, schwarze

Ringe unter den Augen, ein Toter auf Urlaub. Auf dem Foto in der Zeitung hatte er mir besser gefallen.

»Ein schönes Interview haben Sie da gegeben«, sagte ich, »richtig märchenhaft. Und an einem geheimen Ort. Respekt!«

»Sie Zyniker!«

»Wollen Sie sich nicht setzen?«

Er ließ sich auf den Stuhl fallen.

»Was kann ich für Sie tun?«, fragte ich und musste in mich hineinlachen über die dämliche Frage.

»Nichts.«

»Wollten Sie nur mal so vorbeischauen?«

Er sah mich an und verzog die Lippen zu einem mühsamen Grinsen. »Ich kenne die Identität der Bankräuber.«

»Die beiden haben eben ein neues Ding gedreht! Haben Sie die Vorstellung diesmal verpasst?«

»Keine Ahnung, wovon Sie sprechen.«

Ich gab ihm die Zeitung. Er überflog die Nachricht, schüttelte den Kopf, kommentierte es aber nicht weiter.

»Ich weiß, wo sie gewohnt haben«, sagte Waller.

»Ja? Und?«

»Dafür müssen Sie mich zum Essen einladen.«

Der Typ hatte einen Schatten. »Sonst noch was?«

»Sie sagten neulich, dass Sie mich verstecken könnten.« In seinen Augen blitzte ein ironischer Funke auf.

»Und ... als der schlaue Detektiv, für den Sie sich halten, hätten Sie Bonnie und Clyde doch längst finden müssen?«

Ich fragte nicht, wo er sich die ganze Zeit herumgetrieben hatte. Das mit dem Verstecken war nicht mehr so einfach. Im Zweifelsfall machte ich mich strafbar, indem ich einem gesuchten Bankräuber Unterschlupf gewährte.

»Ich sitze in einer Falle und komm nicht raus. Sie könnten für mich arbeiten?«

»Besitzen Sie eine Waffe?«, wollte ich wissen.

»Nein, wie kommen Sie darauf?«

Wir gingen zum Italiener. Das Lokal lag in der Nähe am Luisenplatz. Solide Gerichte, nicht teuer. Waller schaufelte den Salat und die Pasta in sich hinein und auch das Tiramisu. Wir tranken dazu einen Liter Chianti. Während des Essens erzählte Waller. »Es sind zwei junge Leute, sie heißen Sascha Breuer und Svende Kunstmann. Abgebrochene Studenten.«

Waller war eine Nervensäge. »Weshalb rücken Sie erst jetzt damit heraus?«

Er zuckte die Achseln.

»Und die haben in der Elkenbachstraße gewohnt?«

»Genau.«

Er schilderte den Banküberfall, seine Gefangenschaft in dem Keller, das Schreiben der Bankräuber an die Presse und die Ermordung von Charlie durch einen Unbekannten.

»Hören Sie, Waller«, sagte ich, »die Polizei hat Zweifel an Ihrer Mittäterschaft, auch wenn sich dieser Lehmann groß aufbläst. Ich denke, sie werden Ihnen glauben, wenn Sie sich stellen. Dann sind Sie nicht mehr auf der Flucht, können wieder in Ihre Wohnung.«

Waller wackelte mit dem Kopf. »Hm. Bin ich nicht so sicher ...«

»Gut, gut, ist Ihre Entscheidung.«

»Ich denk drüber nach. Wär schon okay, wenn ich wieder in die eigene Bude könnte. Da liegt noch Geld, frische Klamotten, einmal wieder im eigenen Bett schlafen, na ja, Sie wissen schon. Aber ich hab eine höllische Angst vorm Knast. Wenn die mich einsperren, bring ich mich um. Das halt ich nicht aus. Kann ich noch einen Espresso haben?«

Waller fing an, ein teurer Kunde zu werden. Ich rief die Bedienung.

»Wissen Sie, dass die Leiterin der Bankfiliale ermordet wurde?«, fragte ich.

»Das ist ja furchtbar!«

»Celestine Blaschke. Kurz geschnittenes graues Haar, füllige Figur.«

»Ich erinnere mich an sie, die war auch in der Bank.«

»Ist Ihnen an ihr was aufgefallen?«

»Nein. Oder doch, sie wirkte ziemlich cool.«

Das passte ins Bild. Plötzlich hatte ich eine Idee. »Haben Sie schon mal den Namen Montabaur gehört?«

Waller dachte mit gerunzelter Stirn einen Moment nach. »Kommt mir irgendwie bekannt vor.«

»Und wie?«

»Ich glaube, Charlie hat mal einen Namen erwähnt. Aber ich weiß nicht mehr, in welchem Zusammenhang.« Seine Stimme wurde dunkel und rau. Dann erhellte ein Strahlen sein Gesicht. »Jetzt fällt's mir wieder ein. Der Mann hieß Kipper.«

»Nicht Montabaur?«

»Nein. Kipper. Ich glaube, es ging um ein Treffen.«

»Was für ein Treffen?«

Waller zuckte die Achseln. Er begann vom Thema abzuschweifen. »An einem bestimmten Punkt in meinem Leben muss ich den entscheidenden Fehler gemacht und danach den Anschluss verloren haben, aber ich weiß nicht, wo!«

»Das Gefühl hab ich auch manchmal.«

»Als Detektiv sind Sie doch auf der sicheren Seite!«

»Das denkst du. Ich stehe immer mit einem Fuß im Gefängnis. Zum Beispiel jetzt, wenn ich Sie nicht der Polizei melde!«

Waller grinste. »Und warum tun Sie es nicht?«

Weil ich ein Faible für Verlierer habe. »Haben Sie nicht manchmal Angst, dass Sie jemand erkennen könnte?«

»Doch.«

»Also wo steckt dieser Montabaur?«

»Montabaur? Weiß ich nicht. Eigentlich hab ich nur von einem Michael Kipper gehört.«

»Und der Typ soll ein Freund der Bankräuber sein?«

»Ja.«

»Wo wohnt er?«

»In Wiesbaden, glaube ich.«

Waller versank in tiefes Nachdenken. »Ich bin ein Gefangener«, sagte er dann. Ich wusste nicht, was er damit meinte. Er ging eine Weile auf und ab, setzte sich dann wieder. »Ich weiß nicht, wo ich bin und wer ich bin. Ich kann nicht mehr schlafen, und wenn ich endlich mal einschlafe, träume ich schreckliches Zeug. Es ist zum Verrücktwerden!«

Wie kann man auch so dämlich sein, sich von zwei

Studenten verarschen zu lassen? Warum bringst du dich eigentlich nicht um?

Der Satz lag mir auf der Zunge, aber ich schluckte ihn runter.

23

Waller kam mir vor wie ein Irrläufer aus einer fernen Galaxie.

Er war ein verluderter Akademiker, ein Weltverbesserer, ein Relikt aus einer Zeit, in der es noch sozialistische Ideale gab. Als man an Flower Power glaubte, an die Revolution und an antiautoritäre Erziehung und solchen Quatsch. Als der Kapitalismus noch nicht endgültig die Herrschaft übernommen hatte. Waller war in dieser Zeit geistig stehen geblieben.

Was sollte ich mit dem Mann anfangen? In meiner Wohnung konnte ich ihn nicht verstecken. Im Büro auch nicht. Aber die Nachbarin nebenan war noch für eine Woche verreist. Ich besaß einen Schlüssel zu ihrer Wohnung, um die Blumen zu gießen. Da könnte ich den Verlierer verstecken. Aber was, wenn Miriam früher zurückkam? Nein, kam sie nicht. Sie machte mit einer Reisegruppe in der Türkei Urlaub, lauter »netten Frauen«. Miriam war überzeugter Single, seit ihr Freund sie vor elf Jahren verlassen hatte. Zu ihren Spezialitäten gehörten die perfekte Leidensmiene, der traurige Blick und täglich ein Satz über die Welt, die ihr böse mitspielte.

Heute war Mittwoch. Sie würde nicht vor Freitag nächster Woche zurückkehren. Solange konnte ich Waller bei ihr wohnen lassen, acht oder neun Tage. Bis dahin würde der Fall geklärt sein.

»Ich vermute, Montabaur wohnt in Frankfurt«, sagte Waller. »Ich meine, er hätte mal mit der Frau, dieser Svende, lange telefoniert.«

»Sind Sie sicher?«

»Nein. Vielleicht hab ich's auch nur geträumt. Auf dem Display hab ich gesehen, dass es eine Frankfurter Nummer war.«

»Konnten Sie sich die Nummer merken?«

»Nein.«

»Das Komische ist, es gibt im Frankfurter Telefonbuch keinen Montabaur.«

Waren Montabaur und Kipper vielleicht ein und dieselbe Person? Wenn er in Wiesbaden wohnte, ließe sich das leicht herausfinden.

Ich stieg mit Waller eine Treppe höher. Er war ein Mann voller Weltverdruss. Er schien Gefahr auf sich zu ziehen. Irgendwann würde er an einem regnerisch kalten Novembertag im Rinnstein enden.

Zurück im Büro rief ich Lisa Maler an. Die Zeit war reif für eine Gegenleistung. »Ich kenne inzwischen die Identität von Bonnie und Clyde. Es sind tatsächlich Amateure, wie du vermutet hast. Es handelt sich um zwei brotlose Studenten, Svende Kunstmann und Sascha Breuer. Sie wohnten in der Elkenbachstraße im selben Haus wie Charlie Hasenfurter. Der Junge war ihr Komplize.«

Kipper erwähnte ich nicht.

Lisa wollte wissen, aus welcher Quelle ich das erfahren hatte. Die konnte ich leider nicht preisgeben.

»Ich muss meinen Klienten schützen«, sagte ich.

Lisa war plötzlich ganz Polizistin.

»Wir könnten dich zwingen.«

»Wollt ihr mich verhaften?«

Lisa legte auf.

Irgendwie kam das Gerücht auf, dass es sich bei ›Bonnie und Clyde‹ um ein junges Liebespaar aus Frankfurt handelte, das im Nordend gewohnt hatte.

Eine Großfahndung nach Svende und Sascha lief an. Die Bahnhöfe und der Flugplatz wurden verschärften Kontrollen unterzogen. Junge Liebespaare, die Hand in Hand durch die Straßen schlenderten oder auf einer Parkband saßen, wurden von Streifenpolizisten überprüft.

Der Fahndungserfolg war allerdings gleich null, obwohl bei der Polizei zahlreiche Hinweise aus der Bevölkerung eingingen.

Eine Halluzination überkam mich. Ich sah Waller plötzlich in dem Wellness-Hotel, in dem ich vor Jahren mit Marie Urlaub gemacht hatte, im Swimmingpool liegen.

Tot, als Wasserleiche.

Ich hörte überlaut das Sprudeln des Whirlpools.

NEUNTES KAPITEL: WALLER

Die Weltwirkungen verteilen sich
mit trägen grünen Ziegeln
die über Straßen fliegen
JIM JARMUSCH

24

Eigentlich war es ihm piepegal, was draußen passierte. Trotzdem raffte sich Waller dazu auf, die Zeitung zu lesen, die vor seiner Tür lag. Er trank drei Tassen kalten Kaffees, dabei wurde ihm flau und sein Magen rebellierete.

Barbarei herrschte in der Gesellschaft und Profitgier in Dunkeldeutschland. Waller machte sich keine Illusionen. Er sah aus dem Fenster in den Abendhimmel und registrierte, dass sich die Wolken rötlich verfärbten ... »Blut spritzte an die Wand. Der Bankräuber feuerte blind aus seiner Pumpgun eine Salve in den Schalterraum und verletzte eine alte Dame, die schreckhaft umherirrte und in die Schussbahn gestolpert war.« So begann der Artikel mit der Überschrift »Schon wieder ein Bankraub in Frankfurt«.

Waller schloss die Augen.

Was war los? Sollte er der Auslöser für diesen Irrsinn sein? Er konnte nicht mehr klar denken, zwang sich aber dazu, weiterzulesen. Ein Einzeltäter hat gestern eine Bankfiliale in der Nordweststadt überfallen. Der Mann wurde von Zeugen als islamistischer Terrorist beschrieben. Mit Palästinenser-Kopftuch und dunklem Umhang hatte er die Filiale gestürmt. hasserfüllte Augen sprühten Feuer aus seiner Gesichtsmaske. Der Gangster verlangte alles, was in der Kasse war. In der

Bank lag jedoch nur eine geringe Menge Bargeld, und der Bankautomat ließ sich nicht sofort öffnen, was den Mann zusätzlich in Rage versetzte. Der Bankräuber ging mit großer Aggressivität vor, verletzte einen Angestellten und mehrere Kunden. Es handelte sich offensichtlich um einen Nachahmungstäter des Gangsterpaares Bonnie und Clyde. Er konnte nur eine geringe Geldmenge erbeuten und entkam, kurz, bevor die Polizei das Gebäude umstellte.

Die Geldgesellschaft gebiert ihre Krüppel, dachte Waller und als Folge davon regieren die Wirrköpfe die Welt. Weiter unten las er, dass es der Polizei gelungen war, den Bankräuber später in seiner Wohnung zu verhaften. Es handelte sich einen als arabischen Terroristen verkleideten deutschen Langzeitarbeitslosen namens Armin S. Er gab an, dass ihn die Bank in den Ruin getrieben hätte.

Die Banker in Frankfurt wurden langsam nervös, fürchteten um ihre Gesundheit. Nicht aber die Manager, sie residierten oben in ihren Bankentürmen und glaubten sich in Sicherheit.

Waller hing seit Tagen in der Wohnung von Miriam herum. Die Decke fiel ihm auf den Kopf. Vom Fenster aus beobachtete er eilige Passanten, verliebte Paare und leicht bekleidete bauchfreie Frauen auf der Straße. Den Detektiv hatte er seit Tagen nicht gesehen und vermisste ihn keine Sekunde.

Er war nahe daran gewesen, sich der Polizei zu stellen. Doch der Zeitungsartikel machte Waller wieder unsicher. Womöglich hielten ihn die Bullen für den Bandenchef bei dieser ganzen Überfallserie. Und Merton hatte nur eine große Klappe, war aber zu beschränkt, um Bonnie und Clyde zu finden. Ein Großmaul mit nichts dahinter.

Er musste raus an die Luft, ehe der Sommer zu Ende ging. Seit Wochen schien die Sonne, doch an diesem Tag verdunkelten schwarze Wolken den Himmel und ein dumpfes Grollen kündigte ein Gewitter an. Blitze zuckten am grau gezackten Himmel. Dann platzte der Regen mit Macht auf ihn nieder. Man konnte die Hand vor den Augen nicht mehr sehen. Der Asphalt dampfte, es war das erste Gewitter seit Wochen. Waller glaubte, die Niagarafälle stürzten auf ihn herab, doch er ging ungerührt durch die Straßen, es war ihm egal, dass er bis auf die Knochen nass wurde.

Unsicherheit befiel Waller. Er fühlte sich beobachtet, beschattet, umstellt. Überall sah er Verfolger. Sein Puls beschleunigte sich. Wenn ihm ein Mann auf dem Bürgersteig entgegenkam, wechselte er die Straßenseite. Die Regenmassen machten ihn gelassener, er glaubte sich durch die dichte Regenwand fremden Blicken entzogen.

Einige Passanten rannten in der Hoffnung, den Sturzbächen zu entkommen, aber der Regen hatte bereits nachgelassen. Waller wäre um ein Haar in einen Haufen Hundekacke getreten.

Er musste mit jemandem reden. Er überlegte, ob er Christina anrufen sollte, verwarf den Gedanken aber wieder. Dann fiel ihm Markus vom Wasserhäuschen ein. Ein arbeitsloser Journalist. Fast noch ein Junge. Der schien ihm unverdächtig, vielleicht konnte man mit ihm ein Pils trinken.

Die Wasserhäuschen sind eine traditionelle Frankfurter Institution. Ursprünglich standen diese Trinkhallen frei auf einem Platz, sie waren gekachelt oder mit Plexiglas umbaut, inzwischen findet man sie auch in den Häuserzeilen. Sie entstanden um 1900, der Gast bekam nur Mineralwasser. Heute gibt's dort neben Wasser auch Bier, Milch und vieles mehr. Meist stehen Männer herum, die alles trinken nur kein Wasser, sie halten die Bierflasche in der Hand, sie palavern, wanken, streiten und verweigern sich, vermeiden Bars oder andere Einrichtungen der bürgerlichen Kultur.

Nachdem man ihn bei der Zeitung gefeuert hatte, wurde Markus der klassische Wasserhäuschensteher. Mit ihm hatte Waller manches Pils gezischt und die verworrene Weltlage analysiert.

Waller dachte darüber nach, ob es sich bei Markus um einen Yunki handelte. Er hatte in der Zeitung gelesen, dass Frankfurt von dieser Spezies heimgesucht wurde. Das galt nicht nur für diese Stadt. Yunkis waren junge Menschen, die Zurückweisung auf dem Arbeitsmarkt erfahren hatten und sich deshalb in eine Verweigerungshaltung flüchteten. Yunki bedeutete auf Neudeutsch Young Unemployed No Kind of Identity. Menschen ohne eigene Identität. Sie borgen sich andere Identitäten, tragen Che-Guevara-T-Shirts, wissen aber nicht, wer das war. Die Hippies verehrten noch die Schönheit der Blumen, die Yuppies glaubten an die Macht des Kapitals. Die Yunkis trinken Latte macchiato, tragen Designerklamotten, solange die Kreditkarte der Eltern funktioniert. Sie glauben an nichts, erscheinen kontur- und gesichtslos. Immerhin begriff

Markus die Widersprüche unseres Menschen verachtenden Systems.

Waller wählte im Telefonhäuschen eine Nummer.

»Ja?« sagte eine Stimme.

»Ich bin's, Waller.«

»Hallo! Schön, dass du anrufst.« Markus' Stimme klang aufgeregt wie die eines Teenies beim ersten Date.

»Wo steckst du? Willst du nicht vorbeikommen? Ich hab Bier im Kühlschrank. Und Weißwein.«

»Wir könnten uns am Wasserhäuschen treffen?«

»Es pisst ...«

»Ja natürlich. Wo wohnst du?«

»Herderstraße 11. Klingle bei Hausmann.«

»Bis gleich.«

»Fein.« Er zögerte, dann sagte er. »Wir sind jetzt Kollegen.«

»Wie meinst du das?«

»Erklär ich dir, wenn du da bist.«

Waller schüttelte sich das Wasser aus den Haaren. Er glaubte, sich verhört zu haben. Sagte er Kollege? Was wollte der Junge damit sagen?

Fünfundzwanzig Minuten später betrat er die Wohnung von Markus Hausmann. Ein Einzimmer-Apartment. Großer Raum, hell möbliert, sachlich kühl. Tisch, Sitzgruppe, Bett, Bücherregal. Markus trug eine alte braune Wolljacke und Cordhosen. Er öffnete eine Flasche Weißwein, Pfälzer Riesling trocken.

»Zur Feier des Tages«, verkündete er, als hätten sie ein Jubiläum zu begießen.

Sie stießen an.

»Skol«, prostete der Junge ihm zu. »Oder wie habt ihr damals skandiert: Keine Macht für niemand.«

»Salut!«

»Hast du von dem Banküberfall gehört? Das war mein Werk!«

»Welcher Banküberfall?«

»In Ginnheim!«, sagte Markus, »geil, nicht wahr? Du bist mein Vorbild.«

Von einem Überfall in Ginnheim hatte Waller noch nichts gehört. Bankräuber schienen plötzlich wie Pilze aus dem Boden zu wachsen. Waller war so überrascht, dass ihm nichts dazu einfiel. Er sagte: »Du hast das Ding allein gedreht?«

Markus nickte mit leuchtenden Augen. »Lief ganz easy. Bin frühmorgens durch's Fenster in den Ruheraum der Banker eingestiegen. Hab in aller Ruhe auf die Bankheinis gewartet. Dann den Angestellten meine Magnum vor die Nase gehalten und sie nacheinander in der Toilette eingeschlossen.«

»Männer und Frauen?«

»Klar. Der Filialleiter musste mir den Tresor öffnen. Dann durfte auch er aufs Klo gehen zu den anderen. Danach bin ich gemütlich rausspaziert. Die ersten Kunden standen schon vor der Tür.«

So kannte Waller Markus nicht. Der war immer der gesittete junge Mann am Wasserhäuschen gewesen, der sich ruhig anhörte, was Waller über seine Besuche am Arbeitsamt berichtete. Wenn sie nicht gerade über den Untergang der verrotteten Gesellschaft oder die neoliberalen Hundejahre diskutierten.

»Warst du maskiert?«

Markus nickte. »Klar. Keiner hat mich erkannt. Die Polizei tappt im Dunkeln. Die wissen nix.« Markus hob erneut das Rieslingglas und stieß mit Waller an. »Auf ein Neues! Die nächste Bank machen wir gemeinsam.«

Waller wusste nicht, wie er reagieren sollte. Beinahe wäre er von Markus' Begeisterung angesteckt worden. Er prostete dem Jungen zu, der mit leuchtenden Augen verkündete: »Auf dass wir den Raubtierkapitalismus in die Knie zwingen!«

»Wie viel hast du erbeutet?«

»Ungefähr fünftausendsiebenhundert. Ziemlich wenig, nicht wahr? Und ein Teil davon waren Devisen, Dollar und Schweizer Franken. Seit es Bankautomaten gibt, haben die nicht mehr viel Bares in der Kasse.«

Oder sie haben dich verarscht. »Konnten sie den Automaten denn nicht öffnen?«

»Doch. Aber das hätte zu lange gedauert. Und ich wollte weg sein, wenn sie die Zweigstelle um neun Uhr aufmachen.«

»Vielleicht haben sie gar nicht mehr geöffnet?«

»Egal. Was ich gemacht habe, ist Pipifax«, erklärte Markus mit der Miene eines Schlaufuchses, »die echten Kriminellen sitzen doch ganz oben in den Bankentürmen. Die kassieren Wahnsinnsgehälter dafür, dass sie Leute feuern. Das haben wir am Wasserhäuschen oft genug analysiert. Sie locken die armen Teufel mit dem süßen Gold, sprich Geld, sprich Krediten. Du greifst zu. Und wenn du pleite bist, insolvent, wie das so schön heißt, werfen sie dich den Geiern zum Fraß vor!«

War dieser Markus ein Autonomer oder nur so verrückt, das zu tun, was eigentlich seine Sache gewesen wäre? Wenn ihn nur dieser Detektiv nicht ständig daran hinderte, auf die gesellschaftlichen Widersprüche als handelndes Subjekt zu reagieren!

»Dein Paper an die Zeitung war Klasse! Ein Schlag in die Fresse der Wohlstandsbürger«, sagte Markus.

»Bist du sicher?«

»Claro. Wo stecken deine Komplizen Bonnie und Clyde?«

»Auf der Flucht«, sagte Waller.

»Sie haben ein neues Ding gedreht ohne dich?«

Ja und, soll ich ihnen jetzt Glück dazu wünschen?

»Frech, nicht wahr?« meinte Waller.

»Und die Kohle?«

»Haben sie sich unter den Nagel gerissen.«

»Alles?«

Waller nickte. Er musste der Begeisterung von Markus einen Dämpfer verpassen, um seine angebliche Heldenrolle etwas zu relativieren. Die ganze Wahrheit auf einmal wäre für den jungen Mann zu viel gewesen.

»Verräter! Man kann sich auf niemand mehr verlassen.«

Du sagst es, dachte Waller. »Prost!«

»Skol!«

Er hob sein Glas und sie stießen an.

25

»Wo wohnst du eigentlich?« fragte Markus.

»Bei einem ... Bekannten.«

Na ja, der Merton war kein Bekannter, mehr ein Kotzbrocken, kalt wie ein Blutfleck, eine Zumutung.

»In deiner Wohnung hab ich dich nicht angetroffen, Waller.«

Wie naiv war der Junge eigentlich? »Die wird von den Bullen überwacht. Da würde ich mich an deiner Stelle fern halten.«

Übergangslos ging Markus zum Angriff über. »Ich hab recherchiert. Hier in Maintal – einem Vorort, kennst du wahrscheinlich -, gibt's eine kleine Filiale der Volksbank. Da sitzen nur zwei der drei Bankmenschen drin. Das wär ein Kinderspiel.« Markus' Augen leuchteten. »Wir gehen als Bonnie und Clyde. Du bist der Profi. In drei Minuten ist alles gelaufen.«

Waller war so perplex, dass er erstmal schluckte.

»Und wenn sie wieder wenig Bares da haben?«

»Egal. Es geht um den Spaß!«

Er musste sich etwas einfallen lassen, um Markus von diesem Ding herunterzuholen.

»Markus, du bist doch Journalist?«

»Ich hab ein Volontariat absolviert. Das war's dann schon.«

»Willst du nicht wieder als Journalist arbeiten? Die

Leute provozieren? Bösartige Artikel raushauen. Korruptionsfälle aufdecken?«

Der Junge dachte eine Sekunde nach. »Du meinst, Bankraub und Journaille schließen sich aus?«

»Irgendwie schon.«

»Glaub ich nicht.«

»Hast du keine Freundin?«

»Doch, die Melanie. Kennst du doch.«

»Die mit dem blonden Pferdeschwanz?«

»Claro.«

»Weiß die von deinem Bankabenteuer?«

»Bist du verrückt! Die würde einen Herzanfall kriegen.«

Waller leerte seinen Riesling.

»Noch ein Glas?«, fragte Markus.

»Nein, danke. Ich muss los. Wir reden in Ruhe noch mal über alles. Aber ich halte das mit der Bank für keine so gute Idee.«

Markus zog eine Schnute wie ein kleines Mädchen, er konnte seine Enttäuschung nicht verbergen.

»Du siehst alt aus.«

»Ja, du siehst auch bald alt aus, wenn du so weiter machst.«

»Du traust mir nichts zu?«

»Doch, doch.«

»Wo kann ich dich erreichen?«, fragte er, als Waller schon an der Tür stand. Er klang irgendwie verzweifelt.

»Gar nicht. Rufen Sie uns nicht an. Wir rufen Sie an!«

»Blöder Spruch!«

Waller zuckte die Schultern und ging. Er war durcheinander und verärgert, verstand aber nicht warum. Und er wusste nicht wohin. ›Nach Hause‹ zu Merton in Miriams spießiges Zimmer wollte er nicht. Markus mit seiner Banküberfallnummer ging ihm auf die Nerven. Vermutlich hatten sie am Wasserhäuschen zu viel von der Revolution gefaselt. Und wie die Welt zu verbessern war. Für Markus war er jetzt ein Revisionist.

Waller selbst hielt sich für einen Stadtneurotiker. Auf dem Land konnte er nicht leben. Und nachts in der Stadt suchten ihn Träume vom Untergang der Metropolis heim.

Er wanderte ziellos durch die Straßen.

Es begann wieder zu regnen.

ZEHNTES KAPITEL: MERTON

Letzte Ausfahrt
Dahinter nichts mehr
Letzte Ausfahrt
Die blaue Autobahn ist leer
WOLF WONDRATSCHEK

26

Lange nach Mitternacht zog ich mir im Fernsehen einen Western mit Charles Bronson rein. Er mimt einen stummen Apachen im Lendenschurz, trägt den üblichen Schnauzer im Gesicht und lehrt weiße Pöbeltypen das Fürchten. In den folgenden Nachrichten triefte wie immer Blut aus dem Bildschirm: Entführungen und Selbstmordattentate. Und die Aktienkurse im Sturzflug. Denn die Börse in Hongkong blieb geschlossen, weil Buddha Geburtstag hatte.

Am Morgen schien wieder hell die Sonne und es sah nach einem freundlichen Tag aus.

Mariette Helbig war dem Tod endgültig von der Schippe gesprungen. Sie lag seit ein paar Tagen nicht mehr auf der Intensivstation.

Auf den Fluren roch es nach Putzmitteln und undefinierbarer Medizin. Eine Krankenschwester ging an mir vorüber mit dem Blick einer Wunderheilerin, eine andere schob einen Wagen mit Pillen, Verbänden und Fläschchen. Ein Alter humpelte auf Krücken vorbei. Der Tod tanzte Tango und lachte aus offenen Türen.

Ich mag Krankenhäuser nicht.

Sie lag in einem mit Blumen geschmückten hellen Zimmer. Marietta Helbig war irritiert über meinen Besuch, aber sie empfing mich mit dem Versuch eines schwachen Lächelns. Sie war noch an Schläuche angeschlossen und ruhte in weißen Laken, dünn, bleich und verloren.

Ich hatte eine Schachtel Bethmännchen gekauft, ein spezielles mit drei Mandelhälften verziertes Frankfurter Marzipangebäck, das ich auf ihr Nachttischchen legte. Die zuständige Schwester gestand mir für den Besuch höchstens zehn Minuten zu.

»Wie geht's Ihnen, Frau Helbig?«

»Danke, geht so.«

»Das freut mich.«

»Wer sind Sie?«, fragte sie.

Ein schmales Gesicht, volle Lippen. Waller hatte von einem Luder gesprochen. Ich konnte nur grüngraue Augen erkennen. Und eine zarte ziemlich attraktive Frau, auch ungeschminkt oder gerade deshalb. Ihr goldblondes Haar war verblasst.

Ich zwang mir ein Lächeln auf die Lippen. »Peter Merton, Privatdetektiv. Ihr Freund Roderich Lugner hat mich beauftragt ...«

Staunen breitete sich auf ihrem schneeweißen Gesicht aus.

»... die Bankräuber, die auf Sie geschossen haben, aufzuspüren.«

Wunderte sie sich, dass Lugner diesen Auftrag gegeben hatte?

»Warum?«, kam es von ihren blassen Lippen. »Roderich ... nicht mein Freund ...«

Das war eine überraschende Neuigkeit. Langsam wurde mir klar, weshalb ich Lugner nicht mochte. Er war ein Scharlatan, der undurchsichtige Ziele verfolgte. Jedes Mal wenn er den Mund aufmachte, kam eine Lüge heraus.

»Aber Sie kennen ihn?«

Sie nickte. Das Reden bereitete ihr offenbar noch Probleme. Sie sprach sehr leise, ich musste die Worte von ihren Lippen ablesen. »... Nur flüchtig.«

Mariette Helbig versuchte, sich im Bett ein wenig aufzusetzen. »Lange her«, hauchte sie.

»Hat Herr Lugner Sie besucht?«

Sie hob einen Finger, was ich als einmal interpretierte.

»Haben Sie in der Bank einen Lippenstift verloren?«

Sie schüttelte den Kopf.

»Ist Ihnen irgendetwas Besonderes an den Bankräubern aufgefallen?«

Sie dachte nach. »Blut«, sagte sie dann ... »zwei ...« Und nach einer Pause »Masken.«

Sie versuchte mit einer Handbewegung, die Vermummung anzudeuten.

»Neben Ihnen lag ein Kunde, der Ihnen vor dem Überfall einen Kugelschreiber geliehen hat. Er lässt grüßen.«

»Danke.«

Die Tür öffnete sich und die Schwester sah mich vorwurfsvoll an. Ich begriff, dass Marietta Helbig noch zu schwach war, um Fragen zu beantworten. In ein paar Tagen würde ich es noch mal versuchen.

»Schon gut«, sagte ich zur Schwester, wünschte Frau Helbig baldige Genesung und ging.

Es sah so aus, als hätte Marietta Helbig eine kurze Affäre mit Lugner gehabt. Oder auch nicht. Möglicherweise lag das lange zurück. Vielleicht hatte ich beim nächsten Besuch mehr Glück. Ich ahnte, dass Marietta auf irgendeine Weise in den Fall verwickelt war.

Am Kiosk kaufte ich die Bild-Zeitung. Sie brachte einen sensationellen Aufmacher. Über die halbe Seite war ein junges Liebespaar abgebildet, das ernst in die Kamera schaute: »Bonnie und Clyde« alias Svende Kunstmann und Sascha Breuer, das berüchtigte Bankräuberliebespaar. Dazu abwegige Meinungen und Interviews von Leuten, die sie angeblich gesehen hatten.

Die Polizei schien sich entschlossen zu haben, Bilder freizugeben und das Publikum bei der Jagd auf die beiden Banditen mit einzubeziehen.

Im Büro rief ich meinen Freund Wolf in Wiesbaden an und bat ihn, mir alle Teilnehmer mit Namen Kipper aus seinem Telefonbuch zu mailen.

Es waren drei Namen.

Franziska Kipper, M. Kipper, Theo Kipper.

Ich rief bei M. Kipper an. Eine männliche Stimme meldete sich.

»Hier Merton. Entschuldigen Sie die Störung. Spreche ich mit Herrn Michael Kipper?«

»Nein. Ich bin Manfred Kipper. Mein Bruder Michael ist verreist.«

»Wissen Sie, wann er zurückkommt?«

»Ungefähr in einer Woche.«

»Danke.«

Ich legte auf. Wenn Kipper mit Montabaur identisch war, würde ich es herausfinden. In einer Woche. Falls sich Montabaur in Wiesbaden je wieder sehen ließ. Bei seinem angeblichen Bruder.

27

Bonnie und Clyde fanden zahlreiche Nachahmer. Meist waren es keine Liebespaare sondern risikofreudige Einzelgänger. Die Banküberfälle in Frankfurt entwickelten sich zum Leistungssport für Abenteurer, die eine schnelle Kohle machen wollten. Dass ein paar von der Polizei sofort geschnappt wurden, schreckte niemand ab. Die Bankmanager zeigten Nerven und engagierten private Sicherheitsdienste, die »unauffällig« vor den Zweigstellen patrouillierten. Ich erhielt ebenfalls ein Angebot, lehnte aber ab.

Nadelstiche für die Bankenmetropole. Der Pulsschlag der Stadt erhöhte sich. Die Angst und die Aggressivität der Menschen nahmen zu. Ein deutscher Autofahrer stieg aus seinem Wagen aus und erschoss einen Muslim, der ihm im Wege war. Lisa rief an.

Sie gab zu, dass sie sich getäuscht hatte und die Bankräuber nicht ins Ausland geflohen waren. Aber mit Waller hatte sie gegen Lehmann Recht behalten. Der war wohl kein Bankräuber. Der Kommissar wollte dazu aber nichts sagen. Entscheiden würde letztlich der Staatsanwalt. Bonnie und Clyde liefen immer noch frei herum, jederzeit zu einem neuen Handstreich bereit. Unangenehm für die Polizei war dabei der Nebeneffekt, dass das Paar immer mehr Epigonen produzierte.

»Die Trittbrettfahrer werden langsam zur Seuche. Was hast du eigentlich ermittelt?«, fragte sie.

»Wir treffen uns morgen Abend und reden drüber.«

Sie dachte eine Sekunde nach: »Okay. Ich hoffe, du hast was zu bieten.«

»Wart's ab. Was wäre, wenn sich Waller der Polizei stellte?«

»Wieso? Weißt du, wo er sich aufhält?«

»Nur mal angenommen ...«

»Das musst du den Kommissar fragen.«

Der Vorschlag erschien mir wenig verlockend.

In einer Boulevardzeitung las ich, dass eine ältere Dame Bonnie und Clyde angeblich auf dem Main Tower gesehen hatte. Sie saßen im Restaurant gemütlich an der Bar und tranken blutrote Cocktails. Die Dame informierte den Ober, der die Polizei rief. Zwölf Minuten später wurde das Paar verhaftet und auf die Polizeiwache verbracht. Dort stellte sich heraus, dass es sich um das ungarische Ehepaar Zoltan und Esther W. handelte, das sich auf Ferienreise durch Deutschland befand. Esther konnte man eine gewisse Ähnlichkeit mit Svende Kunstmann nicht absprechen, sie trug ihr goldblondes Haar ebenfalls zu einem Zopf geflochten, hatte ein schmales Gesicht und schwarze Augen. Ihr Ehemann Zoltan verfügte über keine hängende Unterlippe und wies auch sonst kaum Ähnlichkeiten mit Sascha Breuer auf. Und beide waren etwa dreißig Jahre älter als die gesuchten Bankräuber.

Der Überfall auf die Filiale im Nordend und die Ermordung von Charlie und Celestine Blaschke bildeten die Ausgangspunkte der Affäre. Da musste ich neu ansetzen, noch einmal von vorne beginnen. Ich beschloss eben, die Eltern von Charlie aufzusuchen, als mein Auftraggeber zur Tür hereinspazierte.

Roderich W. Lugners Gesicht schien mir aufgedunsen und glänzte unnatürlich rot. Hatte er schon am Vormittag einen über den Durst getrunken?

»Nun, was haben Sie herausgefunden?«

Ich reagierte mit einer Gegenfrage. »Sie haben mich angelogen, Lugner. Marietta Helbig ist gar nicht Ihre Freundin.«

»Was spielt das für eine Rolle?«

»Ich hab es nicht gern, wenn ich falsch informiert werde.«

»Ob ich mit Marietta liiert bin oder nicht, ist meine Sache. Das spielt keine Rolle.«

»Ich frage mich, was Marietta Helbig mit dem Fall zu tun hat, außer der Tatsache, dass sie – zufällig, nehme ich an – in der Bank war, als der Überfall geschah.«

Nichts, wollten Lugners Lippen sagen, er unterdrückte das Wort aber.

»Hören Sie, Merton«, sein Ton wurde übergangslos eisig. »Sie riskieren eine dicke Lippe. Aber so wie ich es sehe, haben Sie nach zwei Wochen immer noch nichts Konkretes vorzuweisen ... ich bin also ...«

»Moment«, unterbrach ich ihn, »es geht hier um vier Personen. Die beiden Bankräuber, ein sehr mobiles in Feuerwaffen verliebtes Liebespaar, das immer schneller schießt als die Polizei erlaubt. Dann Waller – und als letztes den ominösen Unbekannten. Einer von ihnen erschießt Leute. Weil er Lust am Töten hat, oder weil

Charlie Hasenfurter und Frau Blaschke im Weg waren oder zu viel wussten?«

»Und?« Roderich W. Lugner sah voller Verachtung auf mich herab. »Wer ist der große Unbekannte? Und welcher von ihnen ist der Killer? Etwa dieser Waller? Wo steckt der eigentlich? Sie tappen doch völlig im Dunkeln!«

Lugner war ein unfairer Bursche und ein mieser Charakter. Er hielt sich nicht an die Spielregeln, schlug unter die Gürtellinie. Ich musste aus der Deckung kommen und mit einem linken Haken dagegenhalten. Volles Risiko.

»Und was haben Sie anzubieten? Halbwahrheiten, verdrehte Tatsachen, falsche Motive? Diesen Killer werde ich Ihnen spätestens in zwei Tagen auf dem silbernen Tablett präsentieren«, konterte ich großspurig.

»Ich möchte ein paar Dinge klarstellen, Merton«, sagte Roderich W. Lugner, und seine Stimme wurde dabei bedrohlich leise. »Erstens: Ich war mit Marietta zusammen. Zweitens: Weil sie bei dem Überfall beinahe ihr Leben verloren hat, will ich dieses tollwütige Gangsterpaar finden und den Bullen gratis präsentieren, damit sie ihre gerechte Strafe kriegen, kapiert? Und drittens: Der Killer interessiert mich nicht, das ist Sache der Polizei. Sind Sie wenigstens mal auf diesen Waller gestoßen?«

Dieser Satz kam überraschend.

»Waller? Der hat doch nichts mit dem Bankraub zu tun?«

»Sind Sie sicher?«

»Ja.«

»Das kann man nie wissen. Ich möchte, dass Sie mir den Kerl ebenfalls liefern. Der hat seine schmutzigen Finger mit im Spiel, das steht fest.«

Roderich W. Lugner, der Besserwisser! Oder war er ein Gerechtigkeitsfanatiker? Seine wahren Motive blieben nebulös. Irgendwie hingen die Dinge alle zusammen, der Killer, Waller und die Banküberfälle. Aber wieso interessierte sich Roderich W. plötzlich für Waller?

»Sie sind mir als fähiger Detektiv empfohlen worden, Merton. Beweisen Sie es endlich! Ich erwarte spätestens in drei Tagen – je früher, umso lieber – Ergebnisse. Wenn nicht, ist der Auftrag für Sie endgültig gestorben.«

Eigentlich hatte ich noch einen Tausender Honorar nachfordern wollen. Ich ließ es lieber. Wenn ich ehrlich und selbstkritisch war, hatte ich bisher tatsächlich wenig auf die Reihe gebracht.

Nachdem Roderich W. Lugner grußlos weggegangen war, entfalteten meine grauen Zellen hektische Aktivitäten. Ich entwickelte einen Plan.

28

Was bedeuteten die Schlüssel und die Hasenpfote neben Blaschkes Leiche?

Wenn die Polizei nicht weiterkam, musste ich meinen Hang zur Apathie überwinden und selber aktiv werden. Ich würde mit Charlies Eltern sprechen und mit Marietta Helbig, wenn sie die Sprache wieder fand.

»Die deutsche Konjunktur kommt in Fahrt«, offenbarte die Börsenzeitung, »die Zahlen aus der Wirtschaft zeigen wachsende Dynamik.«

Auf den Straßen und im Milieu sah man davon nichts. Die Bürger schwankten daher wie Bankrotteure vor dem Untergang, und selbst die Liebespaare in Frankfurt wirkten lustlos. Einzig das organisierte Verbrechen blühte auf, feierte einen Sieg nach dem andern.

Der französische Schriftsteller Gustave Flaubert stellte einst fest, »die Börse ist das Barometer der öffentlichen Meinung.«

Obwohl sich der DAX, der deutsche Aktienindex, wieder nach oben bewegte, blieb die Stimmung der Leute skeptisch, waren sie mies drauf, sauer und versumpft im eigenen Unglück.

Die Wasser des Mains flossen träge dahin. Ich trank ein Pils und schaute den Schleppkähnen nach. Die protzigen Bankentürme glänzten in der Sonne wie immer. Oben pfiff ein scharfer Wind.

Ich besuchte die Eltern von Charlie. Sie waren ahnungslos, hatten nicht gewusst, dass ihr Sohn mit dem verschwundenen Liebespaar Sascha und Svende eng befreundet gewesen war. Ich glaubte ihnen. Die Mutter, eine hagere Frau, trug schwarz. Sie war vom Schmerz niedergedrückt, hatte verweinte Augen. »Ich habe mich zu wenig um den Jungen gekümmert«, wiederholte sie mehrmals. Der Stiefvater stierte wortlos vor sich hin. Die beiden hatten keine Ahnung, dass es sich bei dem Paar im Erdgeschoss um Bonnie und Clyde handelte. Sie lasen wohl keine Zeitung. Ich klärte sie nicht auf.

Der Fernfahrer Meiler erinnerte sich am Telefon an keine neuen Details. Er habe sich aber gedacht, dass einer der Bankräuber eine Frau sei. Wegen der hellen Stimme.

»Davon haben Sie mir bei der ersten Befragung aber nichts gesagt«, meinte ich.

»Hielt ich nicht für wichtig.«

Ich schon.

Der zweite Besuch bei Marietta Helbig stellte sich als ergiebiger heraus. Sie sah frisch aus, offensichtlich hatte sie sich etwas erholt. »Wie geht's Ihnen heute?«

»Besser.«

Marietta Helbig hatte etwas Rouge aufgelegt, nur ihre Lippen waren noch so bleich wie beim letzten Besuch. Sie trug ein gestärktes weißes Spitzennachthemd, vermutlich aus dem Fundus ihrer Oma.

»Ist Ihnen zu den Bankräubern noch etwas eingefallen? Haben Sie einen erkannt?«

148

»Nein. Ich wurde bewusstlos, nachdem man auf mich geschossen hatte. Als ich wieder zu mir kam, war ich hier, im Krankenhaus.«

»Sie haben viel Blut verloren?«

»Ja. Ein Wunder, dass ich überlebt habe.«

»Wie lange kennen Sie Herrn Lugner schon?«

Sie dachte nach. »Ungefähr eineinhalb Jahre.«

»Und Sie waren mal ...«

»... seine Freundin«, ergänzte sie. »Die Beziehung dauerte nur wenige Wochen.«

Ich fragte nicht weshalb. »Aber Sie sind noch befreundet?«

»Ja. Schon.«

»Schon? Was meinen Sie damit?«

Marietta Helbig errötete leicht. »Nachdem ich unsere kurze Affäre beendet hatte, rief er mich immer wieder an. Es war ziemlich lästig. Er behauptete, ich sei die Frau seines Lebens ...«

Ich wartete eine Minute, bis sie weiter sprach.

»Er war irgendwie besessen, wollte einfach nicht einsehen, dass ich nicht mehr bereit war, es mit uns nie was werden würde ... Aber er konnte sehr charmant und zärtlich sein, war sehr großzügig, das versöhnte mich wieder mit seiner Aufdringlichkeit ...«

»Wann haben Sie ihn zuletzt vor dem Banküberfall gesehen?«

Sie dachte nach. »Vor einigen Monaten.«

»Woher wusste er, dass Sie bei dem Überfall verletzt wurden?«

»Das ist mir auch ein Rätsel.«

Allerdings. Irgendetwas stimmte hier nicht.

Sie sah mir in die Augen. »Eigentlich geht Sie das gar nichts an. Weshalb erzähle ich Ihnen das alles?«

»Entschuldigen Sie. Ich will Sie nicht bedrängen. Aber es könnte helfen, die Hintergründe des Bankraubs aufzuklären.«

Eine alte Illustrierte lag auf dem Tisch. Wusste Marietta Helbig, wer sich hinter Bonnie und Clyde in Wahrheit verbarg? Ich bemerkte auch einen Fernseher auf einem Regal an der Wand.

»Die Bankräuber sind ja sehr bekannt geworden als Bonnie und Clyde«, sagte sie. »Man hat sie noch nicht gefasst?«

»Nein.«

Wir plauderten noch ein wenig. Über ihre baldige Genesung, ihre Zukunft, das Wetter. Sie interessierte sich für moderne Kunst und Literatur, kannte sich besser aus als ich, was nichts besagt, denn ich bin ein Kulturbanause.

Beim Abschied lächelte sie voller Wärme und fragte: »Besuchen Sie mich wieder?«

»Ja, natürlich.«

Ich drückte ihre Hand und verabschiedete mich.

29

Im Wirtschaftsteil einer renommierten Tageszeitung las ich: »Noch bis vor kurzem hat die größte deutsche Bank den kleinen Herrn Niemand, der seine Kredite nur mit Mühe zurückzahlen kann, aussortiert und in die Wüste gejagt. Der lohnabhängige Hungerleider verursachte nur unnötige Kosten. Man verbannte ihn in eine angeblich unabhängige Nebenbank vierundzwanzig, wo er seine Umsätze selbst erledigen sollte, möglichst online, damit er den Betrieb am Bankschalter nicht unnötig blockierte. Plötzlich entdeckte die Bank diesen armen Teufel wieder, schmiss sich an ihn ran und versprach: wir steigern den Ertragswinkel! Aber was sollte das für ein Winkel sein, ein geheimes Versteck, eine unbekannte Goldader?«

Ich vermutete, ein Bankgeheimnis.

An diesem Tag verkaufte ich die restlichen Aktien, Fonds und Optionsscheine, die ich noch besaß, und fühlte mich hinterher wie der Stier, der den Torero in die Luft geschleudert hat.

Später war ich wieder im Krankenhaus. Als ich kam, verließ eben ein junger Mann das Krankenzimmer. Marietta Helbig saß aufrecht im Bett. Sie lächelte, als ich ihr einen Blumenstrauß gab.

»Danke. Es sind keine Vasen mehr da«, sagte sie.

»Ich werde nach der Schwester sehen.«

Marietta Helbig bekam immer noch Infusionen, doch

ihr Zustand schien sich täglich zu bessern. Ich holte aus dem Schwesternzimmer eine große Blumenvase.

»War das Ihr Freund?« fragte ich.

»Ja.«

Bisher war sie immer allein in dem Zweibettzimmer. Diesmal lag eine dicke Frau im zweiten Bett, mit einem Kopfverband und Schläuchen im Mund. Sie hielt die Augen geschlossen und schien zu schlafen.

»Frisch operiert«, sagte Frau Helbig mit Blick auf die Nachbarin. »Gehirntumor.«

»Sieht so aus, als würde sie schlafen?«

»Sie steht noch unter Narkose.«

»Aber mit Ihnen scheint es aufwärts zu gehen?«

»Ja. Ich freue mich auf den Tag, an dem ich hier raus-komme.«

»Was wollten Sie eigentlich in der Bank?«

»Einen Kredit beantragen für eine Ich-AG.«

Das war ein Witz. Genau wie Waller?

»Sind Sie arbeitslos?«

»Ja. Seit einem Jahr. Ich wollte einen Service für Baby-sitting aufmachen. Da besteht Bedarf. Ich hatte bereits mit dem Arbeitsamt gesprochen.«

»Keine schlechte Idee.«

»Nicht wahr, das finden Sie auch?«

Dann gelang mir ein Treffer.

»Kennen Sie Sascha und Svende?«

»Wer soll das sein?«

»Das frage ich Sie!«

»Hm«, sie dachte nach, »ich glaube schon.«

»Woher?«

»Es war von ihnen die Rede.«

»Bei wem?«

Sie zögerte, als hätte sie zu viel verraten. »Ich erinnere mich nicht genau.«

»Denken Sie nach, es ist wichtig.«

»Warum?«

»Frau Helbig, es geht um die Hintergründe des Bankraubs. Sie haben Glück im Unglück gehabt. Aber es ist doch auch in Ihrem Interesse, herauszufinden, wem Sie diesen Krankenhausaufenthalt zu verdanken haben.«

Sie nickte.

»Kennt Herr Lugner die beiden?«

»Keine Ahnung.«

»Oder Ihr Freund?«

»Möglich. Ich bin nicht sicher.«

»Erinnern Sie sich, in welchem Zusammenhang Sie von den beiden gehört haben?«

»Es war irgendwas im Elsass.«

»Wo im Elsass? Hieß der Ort Dambach-la-Ville?«

»Genau. Boris sprach davon, dass er sich mit Sascha und Svende und Freunden dort treffen wollte. Es war ein Meeting, bei dem es um ... genau weiß ich nicht, um was es da ging.«

»Wie heißt Ihr Freund?«

»Boris Bulfinger.«

»Haben Sie etwas dagegen, wenn ich ihn frage?«

»Nein. Wieso?«

Sie gab mir die Adresse ihres Freundes.

Marietta Helbig hatte im Fernsehen zwar die Bilder von ›Bonnie und Clyde‹ gesehen, aber wohl nicht mitbekommen, dass es sich dabei um Svende und Sascha handelte. Die andere Möglichkeit war, dass sie Svende und Sascha gar nicht persönlich kannte.

Aber meine Intuition, dass sie irgendwie um fünf Ecken mit den Bankräubern in Verbindung stand, hatte sich als richtig erwiesen.

ELFTES KAPITEL: WALLER

Ein Walzer rumpelt; geile Geigen kreischen
Die Luft ist weiß vom Dunst der Zigaretten
JAKOB VAN HODDIS

30

In dieser Nacht landete Waller in einer Striptease-Bar im Bahnhofsviertel. Die schummrige Atmosphäre dort passte zu seiner Stimmung. Er wehrte erfolgreich eine schwarzhaarige »Animierdame« mit vollen rosa Lippen und freizügigem Dekolleté ab, die ihn zu Champagner zu überreden versuchte. Dann langweilte er sich bei den ungelenken Leibesübungen eines mageren Mädchens auf der Bühne. Sie war nur Haut und Knochen, hatte aber runde Silikonbrüste wie überreife Äpfelchen. Man müsste Kinderarbeit verbieten, dachte Waller. Er zahlte, ehe sie ihn abzocken konnten und verließ das Etablissement. Als er ging, betraten zwei uniformierte Polizisten die Bar. Sie beachteten ihn nicht.

Er hungerte nach irgendetwas. Wusste aber nicht, was es war. Vielleicht ein normales Leben ohne Versteckspiel. Eine neue Perspektive. Einen Detektiv, der endlich mal Bankräubern auf die Schliche kam.

Waller hatte seine letzten Euro in der Bar gelassen, war pleite.

›Zu Hause‹ in Miriams Zimmer fühlte er sich fremd. Noch ein paar Tage und die Frau würde zurückkommen. Was dann? Er bemühte sich, möglichst wenig in dem Raum zu verändern, die Möbel, die Bilder, die Tassen, die Handtücher, die Spiegel, die Teppiche – und doch hatte er das Gefühl, als hätte sich die Wohnung verändert. Sie roch immer noch spießig, aber anders, nach ihm, dem Bankräuberspießer.

Als er zurückkam, wurde es bereits hell. Er konnte nicht mehr schlafen. Gegen acht Uhr stieg er eine Treppe tiefer zu Merton. Der saß in der Küche und trank Kaffee.

»Auch eine Tasse?«

»Ja. Kannst du mir noch mal ein paar Euro leihen?«

»Wofür?« Merton goss ihm Kaffee ein. »Mein lieber Waller, du führst ein Doppelleben?«

»Doppelleben? Wieso?«

»Sag's du mir!«

Waller schüttelte den Kopf. »Keine Ahnung, wovon du sprichst?« Dieser Merton war krank im Kopf. »Du bist wohl immer im Dienst, was, Detektiv?«

Doppelleben, und weshalb nicht? Möglicherweise würde er mit Markus die nächste Bank knacken. Die Idee war gar nicht so dumm.

»Wo warst du heute Nacht?«

»Werde ich jetzt überwacht?«

»Wann bist du zuletzt im Elsass gewesen?«

»Was soll die Frage?«

Der Detektiv ging ihm gewaltig auf den Wecker. Waller bereute es, sich jemals auf ihn eingelassen zu haben. »Ich war seit hundert Jahren nicht im Elsass.«

Merton nickte, als hätte er die Antwort erwartet. »Ich habe eine neue Spur zu den Bankräubern. Diese Frau, der du den Kugelschreiber in der Bank geliehen hast, ist über den Berg. Sie hat mir einen Tipp gegeben.«

»Was für einen Tipp?«

»Elsass. An dem Punkt warst du doch auch schon mal.«

»Trotzdem kann ich mir nicht vorstellen«, meinte Waller, »was die mit dem Bankraub zu tun haben soll?«

»Das will ich noch herausfinden.«

»Ich glaube, da bist du auf dem Holzweg. Diese Marietta Sowieso war doch zufällig in der Bank – genau wie ich.«

»Und zufällig haben Bonnie und Clyde dich gezwungen, ein Bekenntnis für die Zeitung zu unterschreiben.«

Waller zog die Stirn in Falten. Da war was dran. Alles schien mit allem zusammenzuhängen. Aber wenn die Frau zu den Bankräubern gehörte, wieso wurde sie dann angeschossen?

»Meinst du, sie wollten die Frau gezielt liquidieren?«, fragte Waller.

»Kaum. Es sieht eher nach einer unglücklichen Verkettung von Umständen aus.«

Merton versank in Nachdenken. Er sah aus, als würde er tiefe Welträtsel lösen. Nach zwei Minuten überraschte er Waller: »Wenn man deine Mädchenlippen so sieht, musst du in deinem früheren Leben eine zarte Frau gewesen sein.«

»Diesen Schwachsinn hab ich noch nie gehört!«

Wallers runder Rücken und sein schöner Mund fielen jedem auf. Aber musste er deshalb eine Frau sein? Frauen waren rundlicher als Männer, aber nicht unbedingt zart. Er hatte eiserne Frauen getroffen, hart wie Stahl.

Merton griente bösartig. »Oder – du bist sogar eine Frau!«

Waller fiel auf den Zynismus des Detektivs nicht mehr herein. Er beschloss, die Bemerkung zu ignorieren.

»Aber für eine Frau bist du zu dürr, Waller, da fehlt das Runde.«

»Merton, jetzt reicht's!«

»Wie schaffst du es, dass deine Mundwinkel unten bleiben, wenn du lachst?«

»Lange Übung! Wie ist es, leihst du mir jetzt was?«

»Hast du nicht Geld in deiner Bude?«

»Klar. Aber da kann ich nicht hin.«

»Schick doch deinen Nachbarn in die Wohnung, diesen Denis!«

»Der hat keinen Schlüssel.«

»Dann bringen wir ihm den.«

»Und wie?«

»Durch Boten.«

»Und wer macht den Boten?«

»Hol erstmal deinen Schlüssel und schreib deinem Denis ein paar nette Zeilen. Ich ruf inzwischen den Fahrradkurier an.«

In praktischen Fragen war Merton brauchbar. Das konnte man von einem Detektiv auch erwarten. Waller schrieb eine kurze Notiz für Denis und bat ihn, Geld und Klamotten in Mertons Büro zu bringen. Sie schloss mit dem Satz, »achte darauf, dass du nicht verfolgt wirst.«

»Denis weiß, dass du ein Bankräuber bist«, sagte Merton.

»Woher?«

»Von mir. Er bewundert dich!«

Waller antwortete nicht. Er schloss eine Weile die Augen. »Alles Unsinn«, sagte er endlich, »ich glaube, dass ich unter einer posttraumatischen Amnesie leide. Ich erinnere mich an die letzten zwei Jahre nicht mehr, weiß nur vage, dass ich arbeitslos war ...«

»Und der Banküberfall?«

»Weg.«

»Du bist am Boden gelegen?«

»Ja.«

»Hast den Überfall geplant und dirigiert?«

»Möglich.«

»Ist das ein Geständnis?«

»Ich musste eine Blockade überwinden und dem Managerkapitalismus die Köpfe abschlagen.« Waller lachte hektisch. »Aber er gleicht einem neunköpfigen Drachen. Wenn du einen Kopf abschlägst, wächst sofort ein neuer nach. Trotzdem: alle Bankvorstände an die Wand stellen ... und peng!« Seine Augen strahlten übernatürlich, »das wär's, diese Aasgeier ...«

»Waller, der Terrorist!«

»Na und?« Er wurde plötzlich ernst. »Schluss damit. Erstens: Ich hab mit dem Banküberfall nichts zu tun. Zweitens: Aus irgendeinem Grund fühle ich mich aber am Tod von diesem Charlie schuldig. Drittens: Das Schreiben an die Zeitung haben sich die Bankräuber ausgedacht, warum, weiß der Geier. Viertens: Ich vermute, dass Bonnie und Clyde noch einen Komplizen in der Stadt haben, der sie irgendwo versteckt.«

Der Fahrradkurier klingelte und holte den Schlüssel und die Botschaft für Denis ab. Merton gab ihm Geld für den Fahrdienst.

»Glaubst du mir endlich?«, fragte Waller.

»Okay. Dann müssen wir nur noch Bonnie und Clyde finden.« Er grinste: »Eine heiße Spur habe ich jetzt endlich!«

31

Waller stand in der Küche von Mertons Büro und fütterte die Kaffeemaschine mit Espressopulver. Er kam sich vor wie in einem Groschenroman, in dem der Autor seinen Text gestrichen hatte.

Durch die angelehnte Tür hörte er, wie der Detektiv mit einer Kundin verhandelte. Ihr Terrier war entlaufen, und sie wollte, dass Merton ihren Hund suchen und ihr wiederbringen sollte. Der Detektiv lehnte ab und verwies sie an einen Kollegen.

Waller dachte an seine zwei für ihn verlorenen Frauen. Nina war auf ihre kleinkarierte Art rechthaberisch gewesen. Es blieb ihm ein Rätsel, wieso er sie überhaupt heiraten konnte. »Ich bin ein einfaches Mädchen«, sagte sie von sich, und natürlich war sie genau das Gegenteil. Gut, er war jung, gerade zwanzig. Aber entschuldigt das alles? Er sah wieder die Zweieinhalb-Zimmer-Wohnung mit der primitiven Küche vor sich, in die sie nach der Hochzeit gezogen waren. Hinterher, wenn es zu spät ist, liegen die eigenen Fehler wie dicke Balken vor den Augen, und man versteht nicht, weshalb man sie nicht vorher gesehen hat. Vielleicht war er auf Ninas großen Busen hereingefallen, oder auf die helle Art, wie sie lachte. Sicher nicht auf ihre Ahnungslosigkeit im Alltagsleben, die er zu spät erkannte.

Anfang der siebziger Jahre war eine Zeit der Libertinage, der sexuellen Freiheit. Waller machte gerade seinen Abschluss an der Uni und hatte das wilde Partyleben über, wollte sich auf eine Frau festlegen, leider war es die falsche.

Nina arbeitete als technische Zeichnerin in einem Ingenieurbüro, verdiente den Unterhalt für beide. Waller studierte noch, das schuf eine ungute Abhängigkeit.

Zum ersten Mal packte ihn damals ein Gefühl der Leere, der Vergeblichkeit. Dann bekam er die Assistentenstelle an der Uni; er hielt sogar ein Seminar über »Vorrevolutionäre Bewegungen im Russland des 19. Jahrhunderts«. Damit vertrieb er die Leere wieder aus seinem Leben. Doch Nina blieb. Sie besaß einen ausgeprägten Minderwertigkeitskomplex, der sich in aggressiven Schüben äußerte. Sie litt außerdem unter Verfolgungswahn. Ständig war jemand hinter ihr her.

Waller fasste endlich einen harten Entschluss und beantragte die Scheidung.

Anders war es mit Anna-Lena, Frau von Bülow. Eine Romanze mit einer verheirateten Frau. Eine unwirkliche Liebe. Vielleicht hatte er alles nur geträumt? Überirdisch. Märchenhaft. Über ihren Verlust kam Waller nie hinweg. Er war schuld am Tod einer Frau, mit der er einen wunderbaren Urlaub am Königsee verbracht hatte.

Anna-Lena, eine Liebe wie im Kino. Waller war verrückt nach ihr, ihrem Körper, ihrer Schönheit, der Leichtigkeit ihres Wesens. Dann kam dieser Sturm auf. Der See mit seiner erbarmungslosen Steilküste. Dieses finstere Gewässer. Die Wellen brachen meterhoch über das Segelboot herein, bis es kenterte.

Waller erreichte mit letzter Kraft das Ufer. Aber er war ein miserabler Schwimmer. Anna-Lena ertrank. Er konnte sie nicht retten. Und der Königsee ist tief, ein paar hundert Meter tief. Die Tiefe machte Waller Angst, lähmte ihn. Diese Schuld würde ewig auf ihm lasten. Auch wenn er für Anna-Lena nur eine flüchtige Begegnung war, wie ihm später klar wurde. Sie verachtete angeblich ihren reichen Ehemann.

Zum Teufel mit der Schuld!

War er etwa Jesus, der die Schuld der Welt auf sich nehmen musste?

Das Klingeln an der Tür drang in Wallers Erinnerungen, nachdem die Kundin frustriert abgezogen war. Er stellte sich vor, wie der Kollege auf Merton fluchte, nachdem die Frau ihm ihr Anliegen vorgetragen hatte. Wer sucht schon gern einen entlaufenen Hund?

Er hörte jetzt Denis' Stimme und seine Enttäuschung, als Merton behauptete, Waller sei nicht da, aber er werde die Sachen weiterleiten. »Und noch was«, sagte der Detektiv, »Sie wissen von nichts und Sie haben mich nie gesehen.«

»Klar«, erwiderte Denis in mürrischem Ton. Die Tür fiel hinter ihm ins Schloss.

Waller tat etwas, was er instinktiv nicht tun wollte: Er musste sich die tragische Geschichte mit Anna-Lena von der Seele reden, und besprach ausgerechnet mit dem Zyniker Merton die Tragödie. Der hörte sich alles schweigend an, sagte zunächst gar nichts.

»Das hat dich getroffen«, meinte er schließlich. Waller begriff, es war das Äußerste, was der Detektiv an Anteilnahme aufbringen konnte.

»Ich leide noch heute darunter.«

»Ein wenig kitschig, die Geschichte.«

»Tja, so sind wir Bayern.«

Staunen breitete sich in Mertons eckigem Gesicht aus. »Du bist Bayer? Ich hab dich immer für einen echten Frankfurter gehalten!«

»Du weißt ja, wir Bayern halten's mit dem Kitsch. Unser Märchenkönig Ludwig ist auch im See ertrunken.«

»Hm ... und wer war der Ehemann von dieser Anna-Lena?«

»Doktor Bülow, ein hohes Tier, Bankmanager.«

»Und der hat ihren Seitensprung nicht mitbekommen?«

»Nein. Er war zu sehr mit seinen Millionen, mit Kontenmanipulationen und Cashflow, beschäftigt. Anna-Lena besaß sogar einen Bodyguard. Sie musste den Typ im Nebentrakt der Villa anfordern, wenn sie das Haus verließ. Wenn sie heimlich mit ihrem BMW-Cabrio wegfuhr, bekam es der Bodyguard nicht mit.«

»Wie hieß der Bodyguard?«

»Weiß ich nicht.«

»Aber Anna-Lena wollte sich nicht scheiden lassen?«

»Nein.« Waller fuhr sich mit der Hand über die Augen, als wollte er einen bösen Spuk wegwischen. »Sie liebte den Luxus. Ich konnte ihr nichts Vergleichbares bieten. Manchmal denke ich, dass ich für sie nur eine flüchtige Affäre war – aber mit tödlichem Ausgang.«

»Und wie bist du aus der Sache mit dem Boot herausgekommen?«

»Ich meldete den Unfall sofort der Polizei. Ich war klatschnass und völlig durchgedreht. Man registrierte mich im Polizeiprotokoll als ihren vergeblichen Retter.« Waller sah bleich aus als würde er alles noch mal erleben. »Kennst du den Roman ›Anna Karenina‹ von Tolstoi?«

»Ich hab den Film gesehen«, sagte Merton.

»Ich komme mir manchmal vor wie Rittmeister Wronski, verdammt und schuldbeladen!«

»So ein Unsinn!«, eiferte sich der Detektiv, »erstens hast du nicht die geringste Ähnlichkeit mit Wronski. Zweitens ist deine Geliebte ertrunken und hat sich nicht vor den Zug geworfen wie Anna Karenina. Und drittens: Sah deine Anna-Lena etwa wie Greta Garbo aus?«

»Nein, überhaupt nicht«, sagte Waller erleichtert. Und wunderte sich wieder einmal, dass Merton ein literarisches Werk wie Anna Karenina kannte. Wenn auch nur aus dem Kino, aber immerhin!

Nach kurzem Nachdenken schüttelte der Detektiv den Kopf. »Vielleicht steckt der betrogene Ehemann hinter dem Bekennerschreiben, das dich als Bankräuber abstempeln sollte?«

»Das kann ich mir nicht vorstellen.«

Merton zündete sich eine Gauloise an. Seine Stirn umwölkte sich, und er wurde plötzlich so menschlich, wie ihn Waller bisher nicht gekannt hatte.

»Du weißt ja, dass mich Marie verlassen hat, meine Frau«, begann er zögernd.

»Du hast es mal erwähnt.«

»Es hat mich ziemlich fertig gemacht. Ich hab oft danach einen über den Durst getrunken. Und dann kam ich auf die blöde Idee, mir eine Schildkröte zu halten.«

Waller sagte nichts, unterdrückte aber ein Grinsen.

»Na ja, du kannst dir vorstellen, was passiert ist?«

»Die Schildkröte ist eingegangen?«

»Genau. Blödes Vieh.«

Merton ging im Büro langsam zum Fenster. Er hatte den lässigen Gang eines Mannes, der seiner Sache sicher war. Der an in jeder Situation an sich glaubte. Den Superman-Gang. Eines Tages würde er an seinem Männlichkeitswahn ersticken.

***

Am späten Nachmittag saß Waller in der City vor dem Café Hauptwache im Freien. Er suchte inzwischen immer häufiger das Risiko, es verschaffte ihm einen gewissen Kick, sich auf den belebtesten Plätzen der Stadt herumzutreiben. Er trug eine Sonnenbrille mit blauen Gläsern, hatte sich einen wilden rotblonden Schnurrbart angeklebt und auf seinem Kopf saß Mertons zerfledderter alter Panamahut.

Eben führte er die Espressotasse zum Mund, blickte zufällig auf das junge Paar am Nebentisch, und hätte fast den Kaffee verschüttet. Denn er schaute in die Gesichter von Svende und Sascha. Beide waren ebenfalls verfremdet in ihrem Outfit. Sie mit einer blonden Marilynperücke und tief gebräuntem Gesicht. Dazu steckte sie in einem todschicken dunkelgrünen Hosenanzug. Er mit dickem Schnauzer, knallblauem T-Shirt, roter Baseball-kappe und einer runden Nickelbrille auf der Nase.

In dieser Sekunde erkannten sie ihn auch.

»Hallo, Waller! Wie geht's?«, fragte Svende in munterem Tonfall. »Lebst du noch?«

»Danke«, murmelte er verdutzt.

»Was treibst du? Hast du dich von der Gefangenschaft im Keller erholt?«

»Ja, ja, es geht«, stotterte Waller, »habt ihr den armen Charlie ermordet?«

»Das traust du uns zu, Waller? So was Böses würden wir niemals tun«, sagte Svende mit betrübter Miene. Und zu Sascha: »Komm, lass uns hier verschwinden!«

Das Paar stand unvermittelt auf, legte einen Zehn-Euro-Schein auf den Tisch und spazierte davon.

»Da laufen Bonnie und Clyde!«, schrie Waller.

»Wo?«, fragte die spitznasige Dame am Nebentisch.

Waller deutete auf das sich entfernende Gangsterpaar.

»Die beiden da unten?«, sprudelte es aus der Dame hervor, »das sollen die Bankräuber sein? Nie und nimmer. Wenn sie das sind, bin ich Jesus und Maria in einer Person!«

Sie kicherte blöd.

Waller warf ebenfalls Geld auf den Tisch und hechelte dem Paar hinterher, nachdem er die Schrecksekunde überwunden hatte. Er stolperte auf den Treppen nach unten zu den Bahnstationen, rannte fast ein paar Passanten um, konnte aber nicht ausmachen, ob die beiden Bankräuber zur U-Bahn oder zur S-Bahnstation gerannt waren. In dem Menschengewühl waren sie unauffindbar. Vielleicht saßen sie bereits in einer S-Bahn zum Hauptbahnhof oder einer U-Bahn nach Eschersheim oder sonst wohin.

Und vermutlich lachten sie sich krumm über Waller.

ZWÖLFTES KAPITEL: MERTON

Die Städte wachsen. Und die Kurse steigen.
Wenn jemand Geld hat, hat er auch Kredit.
Die Konten reden. Die Bilanzen schweigen.
Die Menschen sperren aus. Die Menschen streiken.
Der Globus dreht sich. Und wir drehen uns mit.
ERICH KÄSTNER

32

Ich sah aus dem Fenster. Ich konnte mich zu nichts entschließen. Die Sonne schien hell an diesem blauen Tag. Ich blätterte in einem Gedichtband mit russischer Lyrik. Ich mag Russen. Die Sprache klingt wie Musik.

»Ich bin krank. Ich bin am Meer.

Amerika, du fehlst mir sehr.«

Der Gedichtband war von Andrej Wosnessenskij. Waller kam auf leisen Sohlen ins Büro und sah mir über die Schulter.

»Du liest Gedichte?«

»Ja, was dagegen?«

Der Mund blieb ihm offen stehen. Waller sah aus, als würde er die Welt nicht mehr verstehen. Er sah krank aus, er sollte nach Amerika gehen oder ans Meer.

»Deine Rebellion war umsonst, Waller«, sagte ich, »nichts wird sich ändern.«

»Bist du nie an deine Grenzen gegangen?«, fragte er.

»Ich gehe ständig an meine Grenzen, an die Grenzen des Gesetzes und darüber hinaus.«

Waller verzog das Gesicht, er wirkte nervös. »Kannst du dich nicht mal fallen lassen, Merton?«

»Nein. Wozu?«

Er ging kopfschüttelnd aus dem Büro.

Für den Abend war ich mit Lisa verabredet. Ich freute mich darauf. Es würde ein schöner Abend werden. Zuerst

kam aber Boris Bulfinger an die Reihe. Ich rief bei ihm
an und hatte den Anrufbeantworter dran. Instinktiv war
mir klar, dass er nicht zurückrufen würde, deshalb legte
ich auf, ohne eine Nachricht zu hinterlassen.

Ein windiger Bursche.

Ich konnte mich nicht recht erinnern, wie er aus-
sah. Auf jeden Fall rothaarig. Er musste mit Svende und
Sascha in Verbindung stehen, war vielleicht der Kopf der
Bande? Seine Freundin Marietta ahnte von nichts. Oder
sie bluffte geschickt.

Um zwei Uhr nachmittags beschloss ich, ihn in seiner Wohnung am Uhrtürmchen in der Oberen Berger
Straße aufzusuchen. Ein Altbau im typischen Frankfurter Buntsandstein, aber etwas nachgedunkelt, was dem
Haus einen düsteren Anstrich gab. Ich klingelte mehrmals, doch niemand öffnete.

Ich setzte mich in eines der Straßencafés. Von da aus
konnte ich das Haus beobachten, ohne aufzufallen, denn
es saßen viele Müßiggänger in den Kneipen und Cafés
auf dem Platz.

Im Krankenhaus hatte ich Boris Bulfinger nur flüchtig gesehen. Ich erinnerte mich jetzt an einen runden
Kopf mit Igelfrisur.

Dann kam er heraus. Er trug schwarze Jeans und ein
gelbes T-Shirt mit der Aufschrift »Ich bin ein Bobo.«
Er ging zielstrebig die Berger Straße stadteinwärts. Ich
blieb ihm auf den Fersen. Er überquerte die Höhen-
straße, schlenderte eine Weile, sah sich mehrmals um
und begann plötzlich zu laufen. Ich glaube nicht, dass
er mich als Verfolger erkannt hatte, aber Typen wie er
wittern kritische Situationen.

Ich behielt ihn im Auge, ohne zu rennen. Nach einer Minute ging er wieder normal.

Vor dem Bistro »Gingko« blieb er stehen, überlegte einen Moment und setzte sich dann auf eine der Bänke auf der Straße. Ich setzte mich zwei Meter neben ihn.

Er hatte aufgeworfene Lippen, einen kalt abschätzenden Blick und war etwas zu dick für sein Alter. Ich schätzte ihn auf Ende zwanzig. Ein Bursche, dem man nicht über den Weg trauen konnte. Ich verstand nicht, was eine Schönheit wie Marietta Helbig an ihm fand. Manchmal begreife ich Frauen nicht.

Gegenüber saß ein junges Mädchen in einem engen burgunderfarbenen Top. Sie nippte an einem lila Getränk und fixierte ihr Handy, auf dem sie herumtippte.

Bulfinger bestellte Latte macchiato.

Er sah erst das Mädchen unauffällig von der Seite an und dann mich. Er spürte sofort, dass ich sein Verfolger war. Vermutlich hielt er mich für einen Bullen. Unerwartet sprang er auf und lief weg. Die Bedienung kam mit seinem Getränk an. »Wo ist der Herr hin?«

»Weg. Das Getränk können Sie wieder mitnehmen.«

Die Kleine guckte irritiert und zuckte die Schultern. Ich hatte gleich bezahlt, stand nun ebenfalls schnell auf und rannte hinter dem Flüchtenden her.

Er lief die Berger Straße runter wie ein Rennläufer, stieß ein paar Mal mit Passanten zusammen, rammte einen Kinderwagen, der beinahe umkippte. Die Mutter drohte ihm mit der Faust, aber er rannte weiter. Ich nutzte die Situation und brüllte: »Ein Gauner, haltet ihn fest!« Doch die Leute reagierten nicht.

Er lief nicht sehr professionell, aber unglaublich schnell. Ich hatte Mühe, ihm zu folgen. Ein paar Mal verlor ich ihn aus den Augen. Dann war ich noch zwanzig Meter hinter ihn, Bulfinger stieß wieder eine alte Dame um, da funktionierte mein Geschrei.

Die Musik der Straße klingt schrill und abgedroschen, doch manchmal hält sie Takt. Zwei stämmige Albaner mit dunklen Gesichtern packten den um sich Schlagenden links und rechts an den Armen und ließen ihn in der Luft zappeln. Ich sagte: »Danke, meine Herren!«, zog aus der linken Jackentasche eine Plakette hervor, die mich angeblich als Polizisten auswies und steckte sie schnell wieder weg, ehe jemand genauer hinsah. Dann holte ich aus der rechten Jackentasche Handschellen, ließ sie um die Gelenke von Boris Bulfinger zuschnappen und entfernte mich mit dem Festgenommenen schnell vom Tatort, ehe sich ein Menschenauflauf bilden konnte.

Auf der Berger Straße roch es nach Gegrilltem, Sommerluft und herbem Frauenparfüm.

Auf dem Weg in mein Büro bohrte ich Boris einen Finger in die Seite. »Beweg dich oder es knallt«, zischte ich. Er marschierte brav neben mir her.

Im Büro fesselte ich ihn an einen Heizkörper.

33

Eine feindselige Stimmung lag in der Luft.

»Mit welchem Recht halten Sie mich hier fest?«, fragte Igelkopf Bulfinger. Sein Schädel saß auf einem gedrungenen Körper. Das Gesicht war käseweiß, die Haare kurze Borsten, darunter sahen mich hellblaue Augen fremd an. Weiche Züge, hinter denen Laster wohnten, die ich mir nicht ausmalen mochte.

Ich konnte mir nicht vorstellen, was Marietta Helbig an ihm fand. Diese Beziehung musste ein Irrtum sein.

Ich tastete ihn nach Waffen ab. Er besaß keine. Aber weshalb war er getürmt? Man rennt nicht ohne Grund davon. Welche Rolle hatte er beim Bankraub gespielt? Bulfinger sah aus wie einer, der ständig auf der Flucht war.

»Angst vor der Polizei?«

»Nein, wieso? Sie sind gar kein Bulle«, sagte der Klugscheißer, »ich werde Sie wegen Freiheitsberaubung verklagen.«

»Vor wem rennst du eigentlich davon?«

Er zog es vor, die Frage nicht zu beantworten.

»Oder war das Jogging?«

»Genau.«

Ich ging in die Küche und ließ ihn schmoren. Es wirkte immer, den Gegner zu verunsichern, indem man ihn in der Luft hängen ließ wie ein Fähnchen im Wind. Ich trank ein Glas Bier und sah aus dem Fenster.

Dann rief ich auf dem Handy in Wiesbaden bei Kipper an. Wieder meldete sich Manfred Kipper und behauptete, sein Bruder sei noch auf Reisen.

Eine merkwürdige Geschichte. Auch diesmal konnte er nicht sagen, ob und wann Michael Kipper von seinen geheimnisvollen Reisen zurückkäme. Ich ahnte, dass er nie zurückkehren würde aus dem einfachen Grund, weil Manfred und Michael Kipper identisch waren.

Doch die Vorstellung, eine Wohnung in Wiesbaden zu observieren, schreckte mich ab. Es liegt zwar nur dreißig Kilometer von Frankfurt entfernt, aber ich wollte nicht in diese Beamtenstadt fahren.

Ich rief Lisa an und berichtete knapp von Kipper. Die Polizei hatte da andere Möglichkeiten, sie konnte ermitteln, ob er vorbestraft war, möglicherweise besaß sie seine Fingerabdrücke und kannte andere Details, die ich erst mühsam herausfinden müsste.

Lisa bedankte sich und fragte diesmal nicht, wie ich auf Kipper gestoßen war.

Obwohl es erst früher Nachmittag war, hatten sich die Straßencafés in der Berger Straße bereits gefüllt. Irgendwo spielte ein Drehorgelmann. Eine diffuses Licht lag über dem Viertel, eine merkwürdige Stimmung, heiter und doch unterschwellig aggressiv.

Nach einer halben Stunde ging ich ins Büro zurück und fixierte den Burschen scharf: »Gib es zu, du hast Charlie erschossen!«

»Kenne ich nicht. Wer soll das sein?«

Diese freche Lüge müsste sofort bestraft werden. Bulfinger zeigte Zähne, er lächelte glatt wie Elfenbein. Es sollte ein überlegenes Grinsen werden, das ihm aber zur Grimasse missriet.

»Was habt ihr im Elsass getrieben?«

»Ich weiß nicht, wovon Sie sprechen?«

»Dambach-la-Ville.«

Ein kurzes Flackern in seinem Auge verriet, dass ich ins Schwarze getroffen hatte. Er versuchte aber, den Coolen zu mimen.

»Nie gehört.«

»Du hältst dich wohl für superschlau? Bonnie und Clyde? Auch nie gehört? Das Spiel ist aus, Bulfinger.«

Ich ging in die Küche und holte mir das Bierglas. Als ich zurückkam, war sein käsiges Gesicht noch bleicher.

»Ihr wart zusammen im Elsass, Svende, Sascha, Charlie, dieser Montabaur und du. Du steckst mit den Ganoven unter einer Decke, gehörst zur Bankräuberbande.«

Zur Abwechslung verfärbten sich seine Wangen rot und er knirschte mit den Zähnen. »Das haben Sie von Marietta ...«

»Ich werde dich der Polizei ausliefern«, drohte ich.

»Sie Mistkerl!«

»Bei den Bullen wirst du schon singen.«

Er senkte den Kopf, verstockt. »Ich sage nichts mehr.«

»Noch kannst du den Kopf aus der Schlinge ziehen. Wenn du Charlie nicht erschossen hast, wer war es dann?«

Er schwieg.

Ich sah ihn von der Seite an, seine Unterlippe zuckte. Den Knaben würde ich weich kochen. Ich steckte mir eine Gauloise an und ging im Zimmer auf und ab. Ich tat desinteressiert, als sei er nicht vorhanden.

Bulfinger zerrte wutentbrannt an den Handschellen, und ich fürchtete schon, er würde den Heizkörper aus der Verankerung reißen. Ich wählte die Nummer der Zeitansage und fragte: »Polizei? Kann ich bitte Hauptkommissar Lehmann sprechen?«

Bulfinger rief nervös dazwischen: »Warten Sie, warten Sie doch ...«

Ich legte auf. »Ja?«

»Gut, wir waren im Elsass. Trinken, feiern, die Sau rauslassen und so.«

»Wer wir?«

»Svende, Sascha und ich.«

»Wer noch?«

»Charlie war nicht dabei.«

»Und sonst?«

»Niemand.«

»Wer noch?«

»Keiner.«

Er sah verlegen zu Boden.

»Mensch, lass dir nicht jedes Wort aus der Nase ziehen!«

»Gut, wir haben Pläne gemacht ... für einen perfekten Bankraub.«

»Und weiter?«

»Dann haben Sascha und Svende das Ding allein durchgezogen.«

»Und seither gibt's Ärger? War nicht auch ein gewisser Montabaur dabei?«

»Nee.«

»Angst vor ihm?«

»Nee.«

»Und wo halten sich Sascha und Svende versteckt?«

»Kann ich nicht sagen.«

Ich griff wieder zum Telefon.

»Ich hab echt keine Ahnung. Die haben sich abgeseilt, die Scheißer.« Er stöhnte. »Ich suche sie selbst, um mit ihnen abzurechnen. Die haben meine Freundin angeschossen, die Idioten. Bei Wally war ich schon, da sind sie jedenfalls nicht untergetaucht.«

»Welche Wally? Wo wohnt die?«

»Sachsenhausen, Morgenstern Straße 19.«

»Und Montabaur?«

»Mann, Sie nerven.« Bulfinger verdrehte die Augen nach oben, bis das Weiße sichtbar wurde. »Also gut, er war der Boss, ein echter Großkotz.«

»Und wo steckt er?«

»Weiß ich nicht. Ehrlich. Er hatte den Einfall, spielte den großen Zampano, tauchte zu unseren Meetings wie aus dem Nichts auf und verschwand wieder. Niemand wusste, wo er wohnt.«

»Wer hat Charlie auf dem Gewissen?«

»Keine Ahnung.« Er sah komisch aus in seiner Mischung aus Hilflosigkeit und Verzweiflung. »Es war ein Schock für mich, er war okay. Ich begreife nicht, wer das getan hat. Und warum.«

Mehr war wohl aus ihm nicht herauszuholen. Es war klar, dass ich den Burschen Lisa Maler ausliefern musste. Das war ich ihr schuldig. Ich ging in die Küche und rief per Handy die Mordkommission an. Zum Glück erreichte ich die Kommissarsanwärterin sofort.

Zwanzig Minuten später wurde Boris Bulfinger von

zwei Beamten abgeführt. Er ließ ein Sortiment an obs-
zönen Flüchen auf mich niederregnen.

Ich berichtete Lisa knapp die Details zu seiner Person. Dass er vermutlich ein Komplize der Bankräuber
war. Dass ich durch Marietta Helbig auf ihn gestoßen
war, ließ ich weg. Und Wally erwähnte ich auch nicht.
Das musste sie selber aus ihm herauskitzeln.

»Eigentlich waren wir für heute Abend verabredet«,
sagte sie, als der junge Mann mit den Beamten das Büro
verlassen hatte. »Aber es kann spät werden.«

»In Ordnung.«

»Du kannst mich ja anrufen?«

»Gut.«

»Ich werde was kochen.«

34

Ich rief abends mehrmals bei ihr an. Endlich nach acht Uhr erreichte ich Lisa schließlich zu Hause.

»In einer Stunde ist das Essen fertig!«

Ich kam schon früher.

Es schmeckte köstlich. Ich wusste nicht, dass Lisa so gut kochen konnte. Als Vorspeise gab es Feldsalat mit feinem Käse und einer Frucht. Die Pappardelle mit Pfifferlingen als Hauptgericht zergingen mir auf der Zunge.

Der Abend wurde lockerer und gelöster, Wein floss und Lisa küsste mich ohne Vorwarnung wie eine Ertrinkende, weckte Erinnerungen an frühe Filme mit Greta Garbo in mir, obwohl sie keine Ähnlichkeit mit der schwedischen Filmdiva hatte.

In ihrem Schlafzimmer brannte eine kleine Wandlampe. Während ich sie umarmte und gleichzeitig vorsichtig ihre Bluse aufknöpfte, streichelten mich ihre Hände und vollbrachten Wunderdinge. Das war keine Simulation mehr. Wir flogen durch den heißen Süden und durch wilde Wellentäler. Wir verloren uns und liebten uns als ginge es am Rande der Nacht um unser Leben. Ich dachte flüchtig an Inzest und dann dachte ich nichts mehr. Lisas geheimste Wünsche und erotischen Fantasien gingen tiefer, als ich es ahnte, aber von früher erinnerte ich mich an ein paar erogene Zonen.

Hinterher zündete ich mir eine Gauloise an und auch eine für Lisa.

Sie lehnte sich an mich.

»Es war schön«, sagte sie matt, »aber du bist kein charismatischer Frauenversteher.«

»Ich übe noch.«

»Vielleicht bist du ein Kerl für den Nestbau?«

»Danke, Liebling«, sagte ich verlegen, meinte es aber nicht so.

Es sah so aus, als ginge der Sommer zu Ende.

35

Am nächsten Tag fuhr ich über den Main nach Sachsenhausen in die Morgensternstraße, eine ruhige Querstraße.

Frankfurt ist ein Ort der geheimen Winkel und Zonen. Die Stadt besteht aus einer kleinen City und einer Ansammlung oft ländlicher Vororte, die im Lauf der Jahre eingemeindet wurden. Hinzu kommt Erlesenes wie der Portikus, das Museumsufer, Paulskirche, Palmengarten und der Römer mit dem Gerechtigkeitsbrunnen. Charakteristisch die City mit ihren gigantischen Wolkenkratzern, die das unverwechselbare Bild der Stadt prägen.

Vom Privatkapital her gesehen reich, ist die Kommune hoch verschuldet. Frankfurt erweckt der Anschein eines gewaltigen Business-Terminals, in dem die Bankmanager Regie führen – eine Stadt der Träume vom großen Geld.

Die Nummer 19 in der Morgensternstraße entpuppte sich als altes Haus mit Erkern, Balustraden, griechischen Köpfen und anderen Schmuckelementen an der Fassade. Das Haus musste vor kurzem in hellem Beige frisch gestrichen worden sein.

Ich läutete bei Valerie Kramer, eine andere »Wally« fand ich nicht unter den Namen auf dem Klingelschild. Eine Minute rührte sich nichts. Ich befürchtete schon, dass mir Boris Bulfinger Märchen erzählt hatte, da öffnete sich die Wohnungstür.

Valerie Kramer war eine freundlich dreinblickende Frau um die fünfzig mit leicht ergrautem Kurzhaarschnitt.

»Frau Kramer?«

»Ja, bitte?«

»Peter Merton. Sie kennen doch Sascha und Svende?«

»Ja, worum geht's?«

»Darf ich reinkommen?«

»Bitte.«

Ich trat in den Flur. Frau Kramer schien arglos. Ich fragte mich, ob ihre Ahnungslosigkeit nur gespielt war und sie mich gleich in eine Falle locken würde.

Sie führte mich in ein Wohnzimmer mit Einbauschrank, einem Vertiko und einer altmodischen Sitzgruppe, die mit gelb geblümtem Stoff bezogen war, drei Sessel und eine Couch, davor ein runder Glastisch mit einer Blumenvase drauf, in der Sonnenblumen vor sich hinwelkten. Ich sah nirgends einen Fernseher, dafür ein Bücherregal an der Wand, überwiegend gefüllt mit Romanen von A wie Paul Auster bis Z wie Stefan Zweig, wie ich auf den ersten Blick erkannte. Daneben Bücher über Geschichte, Politik und Psychologie. Eine belesene Frau.

»Viele Bücher besitzen Sie«, sagte ich.

»Ja, ich lese gern.«

»Haben Sie keinen Fernseher?«

»Nein. Wozu?«

Sie bot mir einen Platz in einem Sessel an, in dem ich sofort tief versank.

»Darf ich Ihnen einen Kaffee anbieten?«

»Nein, danke.«

Ich bemerkte, dass sie ein kleines Muttermal am Hals hatte.

»Wann haben Sie Svende und Sascha zuletzt gesehen?«

»Vor ein paar Tagen. Weshalb interessiert Sie das? Sind Sie ein Freund von ihnen?«

Frau Kramer stellte diese Fragen ganz unschuldig. Sie war entweder desinformiert und ahnungslos oder ein erstaunliches Schauspieltalent.

»Ja«, sagte ich, »ich bin ein Bekannter von ihnen. Wie gut kennen Sie die beiden?«

»Ziemlich gut. Svende ist ein liebes Mädchen. Sie hat Kunst studiert, findet aber keine Anstellung. Eine traurige Zeit ist das heute. Manchmal arbeitet sie als Babysitter für meine Nichte oder als Bedienung im Café.«

Genau wie Bonnie Parker damals in Dallas. Und was machte ihr Freund?

»Und Sascha?«

Sie verzog den Mund. »Der taugt nichts. Hat sein BWL-Studium abgebrochen. Wenn Sie mich fragen ...«

»Ja?«

»Ein Faulenzer. Svende hätte was Besseres verdient.«

Allmählich glaubte ich, dass sie wirklich keinen Schimmer von der wahren Identität der beiden hatte.

»Lesen Sie keine Zeitung?«, fragte ich.

»Nur das Sachsenhäuser Lokalblatt.«

»Haben Sie schon mal von Bonnie und Clyde gehört?«

Sie sah mich erstaunt an. »Sind das nicht diese Bankräuber?«

»Ja.«

»Ich weiß nicht, was mit den jungen Menschen heutzutage los ist? Das ist eine merkwürdige Zeit, finden Sie nicht auch?«

»Ja, da stimme ich Ihnen zu. Haben Sie eine Ahnung, wo ich Svende und Sascha finden könnte?«

»Sind sie nicht zu Hause?«

»Nein.«

Langsam kamen Frau Kramer bei all ihrer Harmlosigkeit meine Fragen verdächtig vor.

»Sagen Sie, was wollen Sie eigentlich von den beiden?«

Das war mir selbst nicht mehr klar. Der Auftrag von Lugner lautete, die berüchtigten Bankräuber zu fangen, doch das gefiel mir weniger. Es wurde immer abenteuerlicher. Denn andererseits, auch wenn Svende ein »liebes Mädchen« war, musste ich die Spur der beiden weiter verfolgen und sie mit oder ohne Hilfe der Polizei festnehmen, schon um Waller zu entlasten.

Den Mörder von Charlie und Frau Blaschke zu finden, vermutlich diesen Montabaur, war nicht meine Aufgabe, obwohl ich glaubte, dass hier die Lösung des Falls zu suchen war. Vielleicht gelang es Lisa, aus dem störrischen Bulfinger mehr herauszuquetschen.

In der Ferne hörte ich eine Straßenbahn durch die Schweizer Straße rumpeln und hier drinnen stellte sich die Frage, ob ich Frau Kramer mit der Wahrheit konfrontieren konnte.

»Svende könnte ihren Onkel besucht haben«, sagte sie.

»Den Onkel? Wo wohnt der?«

»Der Herr Doktor Kunstmann? Ich glaube, irgendwo im Westend.«

»Wo genau?«

»In der Lindenstraße.« Sie sah mich zweifelnd an. »Sagen Sie, Herr ... wie war doch der Name?«

»Merton.«

»Sind Sie von der Polizei?«

»Nein.«

Es schien mir unvermeidlich, dass Valerie Kramer irgendwann in diesen Tagen das Foto von ihrer Svende und ihrem kriminellen Freund in der Bild-Zeitung oder sonst wo wieder finden würde, deshalb hielt ich es für sinnvoll, sie sofort aufzuklären. Auch wenn man die Zeitung nicht kauft, ist sie nicht zu übersehen. Am Kiosk hängt sie aus oder sie liegt in der Straßenbahn herum oder in einer Kneipe.

»Wollten Sie mir noch etwas sagen«, fragte Frau Kramer.

»Ja, es ist so ...«

Ich zögerte noch.

»Ja, bitte?«

»Frau Kramer, ich kann Ihnen leider die schlimme Wahrheit über Ihre Freunde nicht ersparen: Es steht außer Zweifel, dass Svende und Sascha die gesuchten Bankräuber Bonnie und Clyde sind.«

Sie schaute mich ein paar Sekunden wie zu Stein erstarrt an.

»Das glaube ich nicht!«

»Es ist leider so.«

Entsetzen und Trauer war in ihren Augen, fiel wie ein schwarzer Schleier über ihr Gesicht. Valerie Kramer tat mir leid, sie war eine gute Seele, wenn auch ein wenig arglos und weltfremd.

Ich verließ Drip-de-Bach, wie Sachsenhausen auch heißt, und fuhr über die Mainbrücke wieder nach Hip-de-Bach Frankfurt. Die Furt der Franken wurde um 500 nach Christus erstmals erwähnt. Als eigentlicher Gründer Frankfurts gilt der Legende nach Karl der Große um 800. Sachsenhausen am linken Mainufer, berühmt durch sein »Schneegestöber«, angemachten Camembert mit Salzstangen, zu dem man Apfelwein trinkt, wurde 1193 erstmals urkundlich erwähnt.

Im Büro rief ich bei dem Archäologen Doktor Kunstmann in der Lindenstraße an. Über seinen Anrufbeantworter erfuhr ich, dass er für zwei Monate auf einer Forschungsreise in Ägypten weilte.

DREIZEHNTES KAPITEL: SVENDE UND SASCHA

Sie sitzen in den Grandhotels
Ringsum sind Eis und Schnee.
ERICH KÄSTNER

37

Die Wohnung von Doktor Richard E. Kunstmann in der Lindenstraße im vornehmen Frankfurter Westend war geräumig. Fünf Zimmer, Parkettböden, zwei Bäder und Stuck an den Decken.

Ihr Onkel ahnte nicht, dass Svende einen Schlüssel zu seiner Wohnung entwendet hatte. Aber er mochte seine Nichte, hatte immer vergeblich gehofft, dass sie auch Archäologin werden würde. Früher feierte sie oft mit, wenn er Maler, Musiker, Schriftsteller und viele lebenslustige Freunde zu seinen Festen eingeladen hatte. Doktor Kunstmann war das Gegenteil eines weltfremden Forschers.

Svende trug rote Latzhosen und ein weißes T-Shirt mit einem Che-Guevara-Kopf drauf und neue italienische Sandalen. Sie stand in der Küche und bereitete Ceylon Tee. Das alte Sprichwort »Heute noch auf stolzen Rossen, morgen durch die Brust geschossen« geisterte durch ihre Tage und Nächte.

Sascha kam durch die Tür mit einer Tüte Kornbrötchen und Croissants.

»Ich fürchte, dass wir bald zu Treibgut werden«, sagte Svende.

»Sind wir doch schon. Aber draußen ist ein schöner Tag«, sagte Sascha, setzte sich und streckte die Beine von sich, »wir müssen weg.«

»Ja, ich hab auch ein komisches Gefühl«. Sie goss ihm Tee ein. »Weißt du, wie Bonnie und Clyde schließlich der Polizei ins Netz gegangen sind?«

»Keine Ahnung«, brummelte er.

»Durch einen Verräter.«

Sascha kaute auf seinem Croissant herum. »Du fürchtest, das könnte uns auch passieren?«

»Du nicht?«

Er zuckte gelangweilt die Achseln.

»Bonnie und Clyde«, sagte sie, »nahmen im Mai 1934 unvorsichtigerweise Henry Methvin, einen pupsigen Kleingangster, in ihre Gang auf. Der war ein schmieriger Truckdriver. Als sie ihn nach einer Flucht an einer einsamen Stelle auf der Landstraße wieder treffen wollten, verpfiff er sie an die Bullen!«

»Schwein!«

»Die Polizei hatte sich im Wald verschanzt. Das Ende ist bekannt ...«

»... sie wurden von mehr als hundertfünfzig Kugeln durchsiebt.«

Die beiden tranken schweigend ihren Tee. Die alte Standuhr im Wohnzimmer tickte laut.

»Diese ganze Bonnie-und-Clyde-Nummer hat sich nur die Presse ausgedacht. Das hat mit uns nichts zu tun«, meinte Sascha.

»Aber irgendwie hat es uns berühmt gemacht.«

»Und was haben wir davon?«

»Nichts. Oder doch: Wir haben ein Zeichen gesetzt!«

Das Mädchen strich Butter und Marmelade auf ein Kornbrötchen und biss hinein.

Sie sah aus dem Fenster. Draußen war ein strahlender Sommertag. Zu schön, um zu sterben.

»Du meinst, dass Bulfinger unser Verräter ist?«, fragte er.

»Ja. Ich glaube, dass sie ihn schon verhaftet haben. Hast du's nicht auch im Radio gehört?«

»Nein.«

»Ich glaub, der Bulfinger markiert zwar den harten Macho, innen drin ist er aber ein Weichei, ein kleiner Feigling.«

»Ein Mistkerl!«

»Das kannst du laut sagen.«

»Wenn wir erstmal aus Frankfurt raus sind, wird der ganze Bonnie-und-Clyde-Quatsch aufhören«, hoffte Sascha.

Das Telefon läutete.

Die beiden sahen sich an.

»Wer weiß, dass wir hier sind?«, fragte Svende.

»Niemand.«

»Doch. Vielleicht Wally?«

Sascha nickte. Svende nahm den Hörer ab.

Valerie Kramers Stimme klang aufgeregt. »Svende, bist du es? Ihr müsst schnell weg. Da war gerade so ein Detektiv bei mir, und der hat nach euch gefragt, ein gewisser Merton ...«

»Und, was hast du gesagt?«

»Hm ...«, Wally druckste herum, »ich wusste ja nicht, dass ihr ...« Sie stockte.

»Dass wir Bonnie und Clyde sind?«

»Ja.«

»Du hast ihm unser Versteck verraten?«

»Ich wusste ja nicht ...«

»Das war dumm von dir, Wally.«

»Ihr müsst ganz schnell verschwinden!«

Ja, aber wohin? Svende knallte den Hörer auf.

Im Garten blühten die Rosen. Ein unschuldiger Tag. Drinnen herrschte für ein paar Sekunden Panik. Dann packten die beiden in Windeseile ihre paar Sachen zusammen, stopften alles in einen großen blauen Rucksack und rannten aus dem Haus.

Sie fuhren ohne Hast davon.

In der Ferne hörte man die Sirenen mehrerer Polizeiwagen, die sich näherten.

VIERZEHNTES KAPITEL: MERTON

Viele Sprachen
sind in der Welt unterwegs
Beim Zusammenprall entstehen Funken
mal Hass,
mal Liebe.
BEI DAO

38

Beim arabischen Nachrichtensender Al Dschasira exis-
tierte angeblich ein Video von Terrorchef Osama bin
Laden, in dem dieser mit mildem Lächeln verkündete,
dass Frankfurt am Main dasselbe Schicksal ereilen würde
wie New York, wenn Deutschland seine Truppen nicht
aus Afghanistan abziehen würde. Der Bundeskanzler
sagte im Fernsehen mit fester Stimme, dass man sich
nicht erpressen ließe.

Die Nachricht schlug wie eine Bombe ein.

Frankfurt am Main verfiel in einen Zustand der Lähmung.

Bankangestellte gingen nicht mehr zur Arbeit in die
Türme, auch auf die Gefahr hin, ihren Job zu verlieren.
Und sie verloren ihn. Ein Bankangestellter sprang vom
Goetheturm in den Tod. Menschen flohen mit ihren
Familien aufs Land. Eine Mischung aus Panik und
Lethargie ergriff die Bewohner der Stadt.

Die Bankentürme wankten.

Auch die Europäische Zentralbank wirkte ratlos.

Die Börsenkurse fuhren Achterbahn und die Geldströme flossen an Frankfurt vorbei über London und
Hongkong. Im Bundestag in Berlin wurde eine erbit-
terte Debatte darüber geführt, ob man die Soldaten aus
Afghanistan abziehen sollte.

Niemand hatte das Video bisher zu Gesicht bekommen.

Ich ging meinen Geschäften nach wie gewöhnlich. Wenn Terroristen Frankfurt im Visier hatten, wenn sich ihre fanatische Wut gegen diese Stadt richtete und mir eine Rakete oder ein Flugzeug auf den Kopf fallen sollte, war ich sowieso machtlos.

Der Innenminister rief zur Besonnenheit auf, man habe die Lage im Griff.

Niemand glaubte es.

Waller saß apathisch in meinem Büro und starrte aus dem Fenster auf die Berger Straße hinab.

»Hast du was zu trinken da?«, wollte er wissen.

»Nein. Oder doch«, sagte ich und öffnete eine Flasche Burgunder, die in der Küche stand.

Wir schlürften Rotwein.

»Was bist du eigentlich von Beruf?« fragte ich.

»Wieso?«

»Du warst doch nicht immer arbeitslos?«

»Ach so. Nein. Ich hab Geschichte, Soziologie und Sport studiert. War ein paar Jahre Assistent an der Uni. Dann ging ich in die Wirtschaft, wurde Geschäftsführer in einem Industriebetrieb. Später bei einem Fachverlag, bis der vor zwei Jahren pleite ging. Gleichzeitig hab ich noch Kurse an der Volkshochschule gegeben.«

»Worüber?«

»Revolution. Die Französische Revolution, die Russische, Zapata in Mexiko, Che ...«

»Das passt. Weshalb machst du es nicht mehr?«

»Kein Bedarf.«

Wir tranken schweigend unseren Wein.

Dann ging ich an die Arbeit. Celestine Blaschke hatte in der Glauburgstraße in einem Eckhaus gewohnt, in dem sich unten ein Kopierladen befand. Auf der gegenüberliegenden Straßenseite lag die Apfelweinwirtschaft »Zur Stalburg« mit einem kleinen Theater. Dort wurden schräge Stücke gespielt oder alternative Musikgruppen traten auf.

Ich stellte mir vor, dass Frau Celestine hier manchmal im Garten ›Grüne Soße mit harten Eiern‹ gegessen und dazu einen ›Gespritzten Apfelwein‹ getrunken hatte.

Blaschkes Wohnung im dritten Stock war von der Polizei versiegelt worden. Ich brach das Siegel auf und probierte verschiedene Schlüssel aus. Nach ein paar Minuten gelang es mir, die Wohnungstür zu öffnen.

Vor mir lag ein langer Flur, von dem zwei Zimmer links abgingen. Das erste Zimmer war die Wohnküche, der zweite Raum war modern eingerichtet mit einer Sitzgruppe aus schwarzem Leder, einem Metallregal, eleganten Lampen, dem Schreibtisch und einem Kleiderschrank. Eine Tür führte in eine kleine Schlafkoje.

Ich begann, die Wohnung systematisch zu durchsuchen, jedes Regal, jedes Schreibtischfach, jeden Ordner. Das hatte die Polizei zwar vor mir schon getan und Material mitgenommen, aber es gab noch genügend Unterlagen zu sichten.

Im Schreibtisch war jedes Blatt Papier dreimal umgedreht worden, ebenso die Bankauszüge und die Papiere im Metallschrank. Aber irgendwo musste es noch etwas geben, das Lisa mit ihrer Truppe übersehen hatte. Ich schaute hinter jede Gardine, nahm Bilder von den Wänden ab, durchforstete den Kühlschrank, die Mikrowelle, jedes Gerät, in welchem ich ein Geheimfach oder einen doppelten Boden vermutete.

Dann fand ich, was ich suchte, ohne genau zu wissen, was es sein würde. In einem Seitenfach des Kleiderschranks, zwischen Strumpfhosen, Dessous und halbleeren Parfümflakons entdeckte ich einen DIN-A-4-Umschlag. Er enthielt ein Dokument, aus dem hervorging, dass Celestine Blaschke noch ein Appartment besessen hatte, eine Eigentumswohnung in Eschersheim, einer teuren gutbürgerlichen Wohngegend in Frankfurt.

Ich telefonierte mit Lisa Maler. Sie berichtete, dass sie die Wohnung von Doktor Kunstmann in der Lindenstraße per Durchsuchungsbefehl geöffnet hatten. Nach Aussage eines Nachbarn hatte wenige Minuten zuvor ein junges Paar die Wohnung verlassen, auf das die Beschreibung von Bonnie und Clyde passte.

»Pech«, sagte ich.

»Das kannst du laut sagen. Jemand muss sie gewarnt haben!«

»Wer sollte das sein?«

»Keine Ahnung.«

»Hör mal, du hast doch erwähnt, dass ihr bei der Blaschke Schlüssel gefunden habt und nicht wisst, wofür?«

»Ja.«

»Nun«, begann ich vorsichtig, »es mag sein, dass ich euch da weiterhelfen könnte.«

»Und warum drückst du dich so geschwollen aus?«

»Na ja. Die Sache ist möglicherweise nicht ganz legal.«

»Hast du mal wieder das Gesetz ein wenig gebrochen?« Sie sprach in einem Tonfall, den ich an ihr schon kannte. Er besagte etwa, wieso gebe ich mich eigentlich mit einem kriminellen Privatdetektiv ab?

»Die Blaschke besaß noch eine Eigentumswohnung Am Schwalbenschwanz in Eschersheim.«

»Ich frag nicht, woher du das weißt.«

Nein, frag lieber nicht. »Die sollten wir uns mal ansehen.«

»Im Dichterviertel?«

»Ja. Gutbürgerlich. Teuere Gegend.«

Ich versprach, ihr die Hausnummer zu verraten, dafür wollte ich dabei sein, wenn sie geöffnet wurde.

39

Lisa Maler lud zwei Streifenbeamte ins Auto und fuhr zügig nach Eschersheim zum Schwalbenschwanz. Ihr folgte ein Polizeiwagen mit Kollegen von der Spurensicherung. Sie legten ein gewaltiges Tempo vor, dass ich Mühe hatte, mit meinem alten Ford die Spur zu halten. Lisa hätte das Blaulicht einschalten müssen, was sie Am Dornbusch endlich tat.

Ich durfte offiziell nicht in Erscheinung treten, hielt mich aber nicht daran.

Die Kommissarsanwärterin bretterte über die Raimundstraße hinaus und fuhr mit Vollgas bei Rotlicht durch eine Straßenbaustelle, ich immer dicht dahinter. Wäre uns einer entgegengekommen, dann hätte es wohl furchtbar gekracht.

Die Polizeiwagen bogen von der Kurfürstenstraße in den Schwalbenschwanz ein und stoppten vor der Hausnummer 63-65. Es war ein zweigeschossiges in frischem Weiß gestrichenes Wohnhaus mit geräumigen Balkonen und Rosen im Vorgarten. Lisa stieg mit ihren Männern aus und ich sah, wie sie das Gartentor öffnete und im Haus verschwand. Keiner der Beamten blieb unten. Ich folgte ihnen unbemerkt in den ersten Stock und betrat die Wohnung. Über einen kleinen Flur kam ich in das geräumige Wohnzimmer. Es war luxuriös mit antiken Möbeln ausgestattet, blauer Satin, edle Teppiche, elegant wie ein französisches Boudoir. Celestine Blaschke musste viel Geld von der Bank unterschlagen haben, um sich das leisten zu können.

Ein kräftiger Beamter kam auf mich zu. »Was suchen Sie hier? Wer sind Sie?«

»Kann ich die Kommissarin sprechen?«

Lisa wandte sich um und sah mich mit amüsiertem Lächeln an. »Ja?«

»Ich möchte eine Aussage machen. Ich habe Frau Blaschke gekannt ...«

»Ach so? Na schön, Sie können später aussagen. Bitte verlassen Sie jetzt den Raum.«

Sie wirkte ziemlich ungehalten. Ihre Augen blitzten kühl wie Schnee. Lisa spielte ihre Rolle perfekt. Ich wollte mich eben umwenden und gehen, da sah ich das Foto auf einem Vertiko. Es zeigte ein glückliches junges Paar, offensichtlich ein Hochzeitsfoto von Celestine und Tomasz Vacek. Darunter stand: »Praha 1988« und ein paar Worte in Tschechisch, die ich nicht verstand. Bei Vacek alias Montabaur handelte es sich ohne Zweifel um ein Jugendfoto meines Klienten Roderich W. Lugner! Er schaute schon damals mit einer kalten Unverfrorenheit in die Kamera als wollte er sagen, die Kalaschnikow ist der beste Freund eines Mannes.

Ich musste für ein paar Sekunden bleich geworden sein wie der Tod, denn Lisa fragte mich besorgt: »Was haben Sie?«

»Nichts«, behauptete ich und ging hinaus.

In meinem Kopf herrschte völlige Leere, als sei mir die Festplatte abhanden gekommen. Unten vor der Haustür blieb ich stehen. Ich konnte es nicht fassen! Vacek alias

Montabaur war mit Lugner identisch und mit Celestine Blaschke verheiratet gewesen. Er hatte sie – vermutlich aus Geldgier oder Rache – kaltblütig erschossen.

Manchmal ist einem eine schöne Lüge lieber als die Wahrheit. Mein Kopf weigerte sich zu glauben, dass Lugner/Montabaur mich eiskalt benutzt hatte! Noch schlimmer: Er war ohne Zweifel das Hirn der Bankräuber, der gnadenlose Killer! Und der Mistkerl besaß die Chuzpe, mich, den ahnungslosen Detektiv, für seine Zwecke einzuspannen, um seine abtrünnigen Komplizen Bonnie und Clyde ausfindig zu machen. Zum Glück hatte ich die beiden nicht gefunden! Sie vagabundierten irgendwo durch die Landschaft wie ihre berühmten Vorbilder. Auch Waller hatte ich instinktiv vor Lugner versteckt zu einer Zeit, als ich noch nicht seine wahre Identität kannte. Eigentlich wollte er Waller treffen, als er den armen Charlie erschossen hatte. Vermutlich hatte er mit geschlossenen Augen blind abgedrückt!

Während oben die Polizei ihrer Routine nachging, stand ich minutenlang im Garten des Hauses, schaute in den grauen Himmel und atmete tief durch.

Die Zeit schien stehen zu bleiben.

Ich versuchte vergeblich, einen klaren Gedanken zu fassen.

FÜNFZEHNTES KAPITEL: WALLER

In der Luft
des ohnmächtigen Mittags
pflückte ich ihr
Orangen Jasmine
GIUSEPPE UNGARETTI

40

Waller träumte jede Nacht denselben Traum. Er war wieder am Königsee und saß mit Anna-Lena in der urigen bayerischen Gastwirtschaft neben der Kapelle in St. Bartolomäe.

Sie lachte.

In seiner Erinnerung lachte sie selten. Sie war eine spröde Frau, ein kalter Engel. Aber im Traum lachte sie. In den Nächten war sie nicht spröde.

Anna-Lena konnte sehr zärtlich sein. Oft lagen sie nur still nebeneinander, hielten sich an den Händen. Im Traum glaubte Waller, alles sei ein Melodram, ein Hollywoodfilm. Gleich würde ihm Woody Allen auf die Schulter klopfen. Und dann käme der Abspann und der Film wäre aus.

Die Kellnerin brachte eine Maß Bockbier. Am Nebentisch spielte einer Gitarre. Zwei barocke Mädchen im Dirndl gingen vorbei.

Hinter den Bäumen erhob sich der Watzmann. Ein wilder Berg, der den Königsee bewacht. Man erzählte sich schaurige Geschichten von ihm.

Noch waren die Wasser des Sees still.

Tief.

Unbeweglich.

Zum ersten Mal nach langer Zeit fühlte Waller eine frohe Stimmung, ein Glücksgefühl hochkommen. Es saß in seiner Kehle, er konnte kaum sprechen.

Er sah Anna-Lena still von der Seite an. Sie war ganz in sich versunken. Als ahnte sie es.

Dann kam der Sturm.

Das Boot schwankte. Das Segel schlingerte schräg über dem Wasser.

Wellenberge schlugen über ihm zusammen.

Der Untergang.

Waller erwachte stöhnend.

Er ging in die Küche und trank ein Glas Schnaps. In zwei Tagen würde Miriam zurückkommen. Dann musste er hier ausziehen.

Vielleicht hatte Merton Recht und hinter den Mordanschlägen steckte der Ehemann von Anna-Lena, der einen Killer beauftragt hatte. Vielleicht war dieser Doktor Bülow doch nicht so ahnungslos, wie er immer gedacht hatte. Ein Detektiv weiß oft mehr, als man glaubt.

Bonnie und Clyde.

So ein Theater!

Auf dem Tisch lag eine Tageszeitung. Waller las:

»In dem Maße, wie sich das Bankenwesen und seine Konzentration in wenigen Institutionen entwickeln, wachsen die Banken aus bescheidenen Vermittlern zu allmächtigen Monopolinhabern an, die fast über das gesamte Geldkapital aller Kapitalisten ...« Waller las nicht weiter. Er trank noch einen Schnaps und schüttelte sich. Er musste diese Frau aus seinen Träumen verbannen. Irgendwo schlug eine Kirchturmuhr. »... sowie über den größten Teil der Produktionsmittel und ... des betreffenden Landes oder einer ganzen Reihe von Ländern verfügen. Diese Verwandlung zahlreicher bescheidener Vermittler in ein Häufchen Monopolkapitalisten bildet einen der Grundprozesse des Hinüberwachsens des Kapitalismus in den kapitalistischen Imperialismus, und deshalb müssen wir in erster Linie bei der Konzentration des Bankenwesens verweilen.« KARL MARX

Der Bericht war neu, handelte von einem Symposium in Wien, in dem sich die gelehrten Professoren verbal die Köpfe einschlugen.

Waller legte sich aufs Ohr.

Er träumte wieder denselben Traum.

SECHZEHNTES KAPITEL: MONTABAUR

als er dann wankte und umfiel
der Schwarze auf dem Union Square
hob ich ans Auge die Kamera
und sah im Sucher, dass
er liegen blieb
zwischen den gehenden Leuten
JÜRGEN BECKER

41

Er zwirbelte gedankenverloren seinen Bart. Dann befeuchtete er die Zigarre, ehe er sie anzündete. Er stieß den Rauch aus, paffte, klopfte die Asche mit einer zierlichen Bewegung seines Mittelfingers ab.

Es ist soweit, dachte Montabaur. Dieser dämliche Detektiv hat zwar die beiden Studenten nicht gefunden, aber er wird bald begreifen, dass Lugner und Montabaur identisch sind. Er arbeitet gegen mich, ein krummer Hund. Er muss an Bleivergiftung sterben.

Montabaur ließ sich durchs Bahnhofsviertel treiben in den Nächten, durch die Elbe- und die Moselstraße. Das Rotlicht zog ihn unwiderstehlich an, war sein Milieu. Schminke und Puder, Haut und Haar. Der Geruch nach billigem Parfüm und nach Hurenfleisch, die stumpfen Gesichter der Männer und ihre versteckte Gier, die vergebliche Hoffnung und die Sehnsucht nach dem Unerreichbaren.

Montabaur ging in's Nebenzimmer, sah sich um als würde er beobachtet und öffnete vorsichtig den Stahlschrank. Er war ihm heilig, stand allein im Raum, sein Waffenschrank. Sein Geheimnis. Nur eine nervige Fliege summte am Fenster herum an diesem heißen Sommertag.

Striptease langweilte ihn, die Mädchen waren zu leblos und routiniert, wie Lustautomaten. Ihn törnten mehr die Piercings auf den Nippeln und an den Schamlippen an, verdeckte Haut unter dem Stoff, harte Würgegriffe.

Aus einer Schublade nahm er die flache 9-mm-Browning, hielt sie spielerisch in der Hand, nahm blitzschnell Schusshaltung ein, zielte auf einen unsichtbaren Gegner. Er sah die Kalaschnikow in der Schrankecke lehnen, musste grinsen, zu blöd, sie war zu unhandlich. Nacheinander nahm er Handfeuerwaffen heraus, eine Walther PPK, eine 9-mm-Beretta, eine Magnum, eine Smith-&-Wesson-Special und eine Uzi Maschinenpistole, schwer wie ein großer Revolver. Er legte die Uzi wieder zurück. Schließlich wollte er nicht eine ganze Fußballmannschaft ausrotten.

Der Detektiv war fällig. Der arbeitete gegen ihn. Aber er durfte Merton nicht unterschätzen. Er würde ihn mit der Browning erledigen, kurz und schmerzlos, die Browning lag gut in der Hand, war optimal.

Den krummen Hund.

Es musste schnell gehen. Morgen schon.

Montabaur würde früh in sein Büro marschieren und wie üblich fragen: »Wie weit sind Sie?« Und wenn Merton wie üblich antworten würde, »es geht«, würde er auf ihn anlegen und peng. Einfach so.

Der Detektiv wusste vielleicht doch, wo sich der Kindergarten aufhielt, die blonde Svende und ihr falscher Freund. Aber er verriet nichts, machte sich gemeinsame Sache mit ihnen, die ihn um seinen Anteil betrogen hatten.

Die Zeitungsmasche mit Waller war eine Schnapsidee der Studenten. Hätte man lassen sollen. Hatte nichts gebracht und alles nur verkompliziert. Waller hatte schließlich Anna-Lena auf dem Gewissen. Das war ein Schlag für ihn als Bodyguard des Managers. Danach wurde er von Doktor Bülow gefeuert, diesem Bonzen. Was konnte er dafür, dass sich Anna-Lena einen Liebhaber nahm und heimlich bei Sturm auf dem Königsee segelte?

Er hätte diesen Waller ausgeknipst wie einen Mistkäfer, aber da stand der Junge dazwischen, der kleine Charlie.

Ein dummer Zufall.

Wofür waren die »Lehrgänge« und Saufgelage im Elsass gut gewesen? Er, Montabaur, hatte den Kids beigebracht, wie man arbeitet, wie man auf professionelle Weise eine Bank ausraubt. Wie man sich bewegt, wie schnell es gehen muss. Keine Geiseln, dafür Tempo ,Tempo, Tempo. Kein unnötiges Wort. Nur schießen, wenn's nicht anders geht. Er hatte ihnen die Waffen besorgt, die Gesichtsmasken, hatte sie trainiert, ihnen die Technik beigebracht, Celestine eingebaut, die dann ihr eigenes Süppchen kochen musste. Ihr Pech!

»Bonnie und Clyde« ... hahaha ... lachhaft! Wie konnte man den Kindergarten mit diesen weltberühmten Bankräubern vergleichen?

Rätselhaft blieb Montabaur, wie sie die zweite Bank geschafft hatten. Ohne ihn. Woher wussten sie, wie viel cash da lag? Die meisten Banken horten keine großen Mengen Bargeld mehr. Geht heute alles elektronisch.

Mistbande. Sie waren abgehauen.

Wahrscheinlich in den Süden. Die Kleine schwärmte immer von Spanien. Flamenco, Wein so rot wie Stierblut, und ewig rauscht das Meer!

Er würde sie finden.

Doch zuerst war der Detektiv dran.

SIEBZEHNTES KAPITEL: SVENDE UND SASCHA

Die Mauersegler tanzen in der Luft,
im Abgrund heimisch.
Die Blätter der Pappeln zittern.
Nur der Wind ist reglos.
ADAM ZAGAJEWSKI

42

Svende saß am Steuer des VW Golf. Das Auto hatten sie von dem erbeuteten Geld gekauft und gegen das Motorrad eingetauscht. Sie reihte sich in den fließenden Verkehr Richtung Bockenheimer Warte ein.

Blauer Himmel glänzte über der Stadt, angereichert mit ein paar Schäfchenwolken.

»Eigentlich sollten wir in einem alten Ford V 8 sitzen wie unsere Vorbilder«, sagte Svende.

»Gut, dass uns deine Wally gewarnt hat.«

Ja, dachte das Mädchen, aber vorher hat sie uns verraten. Weshalb? »Die blickt nicht durch.«

»Wohin fahren wir?« fragte Sascha.

»Keine Ahnung. Zum Frankfurter Kreuz auf die Autobahn. Richtung Süden!«

Svende hatte das Wagenfenster geöffnet. Der Wind fuhr durch ihr blondes Haar, das sie wieder offen trug. An den Straßenbäumen blitzten die ersten gelben Blätter auf. Der Sommer von Bonnie und Clyde geht zu Ende, dachte Svende, Zeit zu verschwinden und diese Stadt zurück zu lassen wie einen lahmen Esel.

»Bonnie und Clyde waren Gangster mit Stil«, sagte sie, »haben wir auch Stil?«

»Unbedingt.«

»Du solltest Seidenhemden tragen und ich einen langen Rock bis zu den Waden.«

»Ja, warum nicht?«

»Im Ausland kaufen wir uns schicke Klamotten.«

Zwischen Frankfurt und Darmstadt hielten sie an einer Tankstelle. Der Tankwart sah sie komisch an. Irgendwie verdächtig.

»Volltanken«, sagte Sascha.

»Gut, dass uns Bulfinger wenigstens rechtzeitig die falschen Pässe besorgen konnte«, meinte sie. »Auch wenn er ein Verräter ist.«

Er nickte. »Du siehst lustig aus in deiner Verkleidung.«

»Du auch.«

»Ich glaube jetzt auch, dass sie Bulfinger verhaftet haben. Hoffentlich hält er dicht.«

Sie fuhren weiter.

Sascha saß jetzt am Steuer. Er gab richtig Gas. In drei Stunden würden sie in Basel sein. Dann durch die Schweiz, bergauf bergab, immer weiter in den tiefen Süden. Notfalls gab es dort auch Banken.

»Vielleicht sollten wir nicht nach Spanien fahren wie geplant«, überlegte sie.

»Warum?«

»Ist so ein Gefühl. Was, wenn Boris unsern Fluchtplan mitbekommen hat?«

»Hm.« Sascha wiegte den Kopf. »Vielleicht hast du Recht. Was schlägst du vor?«

Sie fuhren schnell, links sah man in der Ferne die Höhenzüge des Schwarzwaldes. Svende dachte eine Weile nach, dann hatte sie es.

»Südtirol. Weißt du, wo das Ultental liegt?«

»Nie gehört.«

»Also, das geht bei Meran rechts ab Richtung Lana. Dann in die Berge rein. Vor Sankt Walburga kenne ich eine einsame Pension im Gebirge. Ein Bergbauernhof, da kommen selten Gäste hin. Und wenn, dann sind sie harmlos. Da findet uns niemand.«

Sascha nickte. Dann fragte er: »Kannst du italienisch?«

»Nein. Die Menschen in Südtirol sprechen deutsch.«

Die beiden hießen ab sofort Silvia Bergner und Peter Forte. So stand es in den falschen Pässen mit den verfremdeten Fotos.

»Hast du mal den Film mit Warren Beatty und Faye Dunaway gesehen?«, fragte Sascha.

»Ja.«

»So ein schreckliches Ende darf uns nicht passieren.«

»Wird nicht.«

»Wir dürfen in keine Polizeikontrolle geraten«, meinte Sascha, »ich traue den Pässen nicht.«

»Wieso? Sehen doch perfekt aus.«

»Na ja, ich weiß nicht.«

Der Verkehr Richtung Süden wurde stärker. Eine Weile fuhren sie schweigend. Svende kam es so vor, als würden sich alle Bankräuber in den Süden absetzen.

»Ich fürchte, wir müssen im Ausland den Wagen wechseln?«, sagte sie plötzlich.

»Warum?«

»Ich weiß nicht. Instinkt.«

»Und dann? Kaufen wir einen roten Ferrari?«

»Blödsinn! Oder willst du Autorennen fahren? Nicht? Was hältst du von einem Alfa Romeo?«

Auf der Autobahn kurz vor Freiburg sahen sie schon von weitem, wie Polizisten die Fahrzeuge kontrollierten und hereinwinkten.

»Drehen wir um?« Saschas Stimme war belegt.

»Nein. Wie denn?« Svende blieb ganz ruhig. »Bleib cool! Unsere Verkleidung ist perfekt. Wenn die Papiere jetzt einer Prüfung nicht standhalten, sind wir sowieso verloren.«

Der Beamte winkte sie auf den Seitenstreifen. Er war sehr jung. »Ihre Papiere, bitte!«

Svende reichte ihm den Führerschein und die Ausweise. Der Beamte warf einen prüfenden Blick auf ihre Gesichter. Dann nickte er freundlich und gab ihnen die Papiere zurück.

»Gute Fahrt!«

»Danke.«

Sie fuhren weiter.

Hinter Basel bogen sie nach Osten ab, Richtung Fernpass.

ACHTZEHNTES KAPITEL: MERTON

Das Unvollkommene ist der Gipfel
YVES BOONEFOY

43

Nach einer halben Stunde kam Lisa Maler mit einem Kollegen aus dem Haus ›Am Schwalbenschwanz‹. Die Männer von der Spurensicherung waren noch bei der Arbeit.

Auf der gegenüberliegenden Straßenseite parkten die Autos schräg auf dem Seitenstreifen, dadurch war die Fahrbahn etwas unübersichtlich. Die »Pizzeria Piccola Milano«, ein Flachbau mit Vorgarten, schien geschlossen zu sein.

Von weitem sah ich, wie sich von der Kurfürstenstraße her langsam ein dunkler Mercedes näherte. Plötzlich blieb der Wagen stehen. Nichts bewegte sich. Ich roch tiefschwarze Gefahr.

»Vorsicht«, rief ich Lisa zu, die neben mir stand.

In dieser Sekunde kam aus dem Seitenfenster des Mercedes ein Gewehrlauf zum Vorschein. Ich warf mich zu Boden, riss Lisa mit und fast gleichzeitig hörte ich den Knall und über uns schlugen die Geschosse in die Mauer des Hauses.

Der Mercedes raste jetzt an uns vorbei Richtung Eschersheimer Landstraße. »Das ist Montabaur«, rief ich Lisa zu, »schnappen wir ihn!«

Wir sprangen in die Autos und verfolgten den Mercedes, der nach hundert Metern rechts in die Chamissostraße eingebogen war, eine ruhige Seitenstraße. Montabaur fuhr viel zu schnell, jeden Augenblick konnte er eine Oma oder ein Kind überfahren, die ahnungslos die Straße überquerten. Lisas Polizeiwagen hielt sich dicht hinter mir. Ich sah gerade noch, wie der Mercedes am Ende der schmalen Straße rechts in die Hügelstraße fuhr. Dabei rammte er beinahe einen roten Golf, dem er die Vorfahrt genommen hatte. Ich erreichte die Hügelstraße und sah, wie Montabaur nach hundert Metern an der Ricarda-Huch-Straße in einem halsbrecherischen Manöver wendete, ohne auf den Gegenverkehr zu achten. Dabei wäre es wieder um ein Haar zu einer Kollision mit einem Autobus gekommen. Der Busfahrer fuchtelte wütend mit den Armen herum.

Zusätzlich zum Blaulicht hatte Lisa auch den Kriminaltango eingeschaltet. Das zeigte Wirkung. Entweder sah Montabaur voraus, dass er sich an der Ampel Hügelstraße/Escherheimer Landstraße in einem Stau verheddern würde oder das Tuten der Polizeisirene brachte ihn so aus der Fassung, dass er panikartig das Steuer herumriss und rechts gegen die Fahrtrichtung in die Wilhelm-Busch einbog, eine Einbahnstraße. Ein großer japanischer Geländewagen kam ihm entgegen, dem er nicht mehr ausweichen konnte. Den Krach des Frontalzusammenstoßes hörte man meilenweit.

Fünfzehn Sekunden später erreichten wir die Unfallstelle. Der Mercedes hatte sich in den Jeep hineingebohrt wie ein Borkenkäfer in die Rinde des Baumes. Er war stark demoliert. Montabaur hing verrenkt und leblos im Fahrersitz. Der Ganove war nicht bewusstlos, blutete aber stark an der Stirn. Wir zerrten ihn aus dem Mercedes. Er hielt die Augen offen, sagte aber nichts und leistete keinen Widerstand.

Lisa forderte über Funk einen Krankenwagen an und Verstärkung von der Verkehrspolizei.

Der Fahrer des japanischen Jeeps blieb wie durch ein Wunder unverletzt. Er stand neben seinem ramponierten Wagen auf der Straße und fluchte laut vor sich hin.

Lisas Kollege versuchte vergebens, die Schaulustigen, die sofort zur Stelle waren, zu vertreiben.

44

Samstagmorgen neun Uhr. Es regnete Bindfäden. Lisa schlief noch. Nur ihr linker Fuß mit dem Goldkettchen ragte vorwitzig unter dem Bettlaken hervor. Ich setzte die Kaffeemaschine in Gang.

Dann machte ich es mir in der Küche bequem.

Die BILD-Zeitung behauptete, das Video von Osama bin Laden wäre eine Fälschung. Ein paar Spinner hätten sich einen üblen Scherz erlaubt, Frankfurt und seine Bankentürme seien nie in Gefahr gewesen. Der Innenminister gab keine Entwarnung. Er hatte wohl BILD nicht gelesen.

In der Innenwelt der Banken herrschte nach wie vor eine angespannte Lage. Manche Filialen wurden bewacht wie eine Festung. Rund um die Türme postierte man einige Tage Polizeiketten. Im Fernsehen sah das aus wie ein surreales Ballett. Irgendwann würden die Beamten wieder an anderen Brennpunkten eingesetzt werden.

Lisa schlug die Augen auf, lächelte, räkelte sich und schloss sie wieder.

»Es riecht nach Kaffee«, murmelte sie, »wie schön.«

»Willst du das Frühstück ans Bett?«

»Nein.«

Sie sprang aus den Federn, umarmte mich kurz und heftig und ging ins Badezimmer.

Nach einer Minute kam sie im Bademantel zurück

und setzte sich an den Tisch. Ich hatte frischen Kaffee gekocht, dazu Kornbrötchen, Brezeln, verschiedene Käsesorten, Schinken, Marmelade und frisch gepresster Orangensaft.

Ich goss ihr eine Tasse Kaffee ein. Auch ungeschminkt sah sie wunderschön aus.

»Heute keine Eier?«, fragte sie.

»Nein. Gut geschlafen?«

Sie nickte. Nach dem Stress mit dem durchgeknallten Montabaur und dem Unfall hatten wir ein ruhiges Wochenende verdient.

Wir mampften eine Weile schweigend, dann konnte ich die Frage nicht unterdrücken: »Und wie war's mit Lehmann?«

Lisa machte große Augen, dann fragte sie unschuldig: »Was? Lehm oder wie? Kenn ich den?«

Wir bekamen beide einen Lachanfall.

Nachdem wir uns beruhigt hatten, erklärte Lisa, indem sie den Tonfall von Kommissar Lehmann imitierte: »Also wir haben Montabaur am Arsch. Auch wenn er weiter jede Aussage verweigert und keinen Pups redet, wird ihn die DNA-Analyse eindeutig des Mordes an Celestine Blaschke überführen. Das Mordmotiv ist zwar unklar, wird sich aber noch herausstellen. Geldgier, Hass, Rache – suchen Sie sich was aus! Der Waffenschrank mit der Kalaschnikow legt den Gedanken nahe, dass er auch Charlie Hasenfurter erschossen hat ...«

»Und Waller?«

»Ein Trottel, sagt der Kommissar.« Lisa sprach jetzt wieder normal. »Du weißt es wahrscheinlich besser, oder vielleicht ist er nur ein armer Teufel.« Lisas Redefluss war nicht zu stoppen, auch nicht durch einen Kuss. »Ich hab Montabaur im Krankenhaus besucht. Er ist aus der Intensivstation raus, aber noch dick vermummt wie ein weißer Engerling und an Schläuche angeschlossen. Er fantasiert vor sich hin, brabbelt etwas von einem Hirsch, den er in den böhmischen Wäldern geschossen hat. ›Erst seh ich ihn nicht, ich lieg im Wald und warte, die ganze Nacht. Dann nach drei Tagen setz ich das Fernglas mal wieder an, und da ist er, ein prächtiger Sechzehnender. Ich setz das Fernglas ab, leg das Gewehr an, ziele, und weg ist er ... einfach weg, aus dem Unterholz. Schieß, ruft hinter mir der Wildhüter Rudi, aber der Hirsch ist weg!‹ So fantasiert Montabaur vor sich hin, stundenlang.«

»Der Jägersmann als Mordbube«, sagte ich, »jagt Damwild und Menschen.«

»Am Ende hat er den Hirsch doch erlegt, wenn man seiner verworrenen Geschichte trauen darf.«

»Und seine Celestine ...«

Ich war nicht sicher, ob ich Lisa verraten sollte, welches Doppelspiel Lugner alias Montabaur mit mir getrieben hatte. Dann verriet ich es doch. Egal, irgendwann im Verlauf der Untersuchungen würde es sowieso ans Tageslicht kommen.

»Mann o Mann! Der hat dich ganz schön aufs Kreuz gelegt!« Lisas Mund stand weit offen. »Und er forderte wirklich von dir, die Bankräuber zu finden?«

»Ja, Bonnie und Clyde. Stellt sich als Roderich W. Lugner vor, angeblich Marketingberater, und tischt mir eine erfundene Geschichte auf. Angeblich war seine Freundin angeschossen worden!«

»Arme Spürnase!«

»Ehrlich gesagt, so ein Reinfall ist mir noch nie passiert. Aber der Typ kam mir von Anfang an nicht ganz sauber vor.«

Lisa lachte und konnte sich kaum beruhigen.

»Es reicht«, brummte ich mürrisch.

Sie schob sich vergnügt einen dicken Brocken Schinkenbrot in den Mund und spülte ihn mit Kaffee runter. »Ich glaube, ich sollte den Polizeidienst quittieren«, verkündete sie unvermittelt, »wenn je herauskommt, dass ich einem dubiosen Privatdetektiv laufend polizeiliche Ermittlungen verraten habe, werfen die mich hochkant raus. Da ist es doch besser, wenn ich ihnen zuvorkomme.«

Sie sah mich mit großen Augen an wie ein Kind, das dem Papi eine Missetat beichtet.

»Blödsinn!«, versetzte ich, »du bleibst bei der Polizei und wirst Kommissarin. Und zwar ein gute!«

»Bist du sicher?«

»Klar. Und das andere wird nie ans Tageslicht kommen.«

Sie strahlte plötzlich und umarmte mich.

»Ich war den Bankräubern dicht auf den Fersen«, sagte ich, »einmal saßen sie frech neben Waller im Café Hauptwache und tranken Latte macchiato. Und so weiter. Zum Glück hab ich sie nie erwischt – das wollte ich sowieso nicht.«

»Aber wir werden sie fassen. Wir haben eine Spur, die Autonummer ihres Golf GTI, den sie bei einem Händler in Sossenheim gekauft haben. Damit erwischen wir sie. Die Fahndung läuft.«

Einmal Bulle, immer Bulle. Von wegen, den Polizei-

dienst quittieren. Ich hoffte insgeheim, dass die Bankräuber so schlau waren, ihren Wagen im Ausland zu
wechseln.

Waller hatte die Wohnung von Miriam verlassen und
war in seine eigene Bude zurückgekehrt. Er meldete sich
bei der Polizei, die ein Protokoll aufnahm. Damit war
er aus dem Schneider.

Boris Bulfinger gab zu, dass er an der Planung des
Banküberfalls im Nordend mitgewirkt, sich dann aber
nicht beteiligt hatte. Seine Aussage belastete Montabaur
schwer.

Das sah nach lebenslänglich aus.

45

Hauptkommissar Lehmann gelang es nicht, die mutmaßlichen Bankräuber Svende Kunstmann und Sascha Breuer zu verhaften, obwohl ein internationaler Haftbefehl ergangen war. Sie schienen schlauer zu sein, als die Polizei erlaubt.

Die Banküberfälle in Frankfurt hörten wieder auf, nachdem die Bullen die meisten der dilettantischen Nachahmungstäter des berüchtigten Räuberpaares verhaftet hatte. Auch die Angst vor einem Terroranschlag auf die Bankentürme legte sich überraschend schnell. Eine permanente Drohung wird zum Alltag, zur Normalität, die nicht weiter beeindruckt, mit der man leben muss.

Markus Hausmann wurde nie gefasst. Er ließ sich von Waller überzeugen, dass er seinen Banküberfall als Jugendsünde betrachten sollte und jeder weitere Versuch ein unnötiges Risiko darstellte. Wenn er Glück hatte, würde die Polizei den Fall zu den Akten legen.

Der Junge fand nach einigen Monaten wieder einen Job in der Redaktion einer Provinzzeitung.

Waller versuchte sich an einem reißerischen Roman über einen unfähigen maulfaulen Kriminalkommissar und einen Privatdetektiv mit schlechten Manieren, dem es nicht gelang, seinen Fall zu lösen. Da Wallers Leben in Schlangenlinien verlief und von einer Katastrophe zur nächsten holperte, rechnete er selbst nicht damit Erfolg zu haben.

»Und dieses Machwerk willst du einem Verlag anbieten?«, fragte ich. »Die Figur des Detektivs ist doch total überzeichnet.«

»Das sehe ich nicht so«, grinste Waller.

Die Frankfurter Banken gingen ihrem üblichen Geschäft nach. Im Herbstnebel ebenso wie im Hochsommer entließen sie Mitarbeiter. Der einzige Maßstab ihres Handelns richtete sich nach dem Terminus Shareholder Value. Das bedeutete, die Steigerung des Aktiengewinns steht an erster Stelle, erst danach kommen die Sozialverträglichkeit und die Belange der Mitarbeiter.

Die Zinsen für Kleinkredite stiegen. Ein Rentner sprang aus dem Fenster, als er vor der Zwangsräumung seiner Wohnung stand.

Hauptkommissar Lehmann musste die Ermittlungen im Fall Bonnie und Clyde schließlich einstellen. Die von den beiden verübten Banküberfälle blieben ungeklärt.

Eineinhalb Jahre später, an einem trüben Tag im Februar, flatterte ein Bericht der österreichischen Kollegen auf seinen Schreibtisch. Eine Tote, bei der es sich um Svende Kunstmann handeln konnte, war aus einem See geborgen worden.

Der Eglsee im Salzkammergut hoch über dem Attersee entstand vor zwanzigtausend Jahren in der Würmeiszeit als Ablagerung eines Traungletschers. Im Toteiskessel der Würmmoräne liegt der sieben Meter tiefe See, umgeben von Schilf und Sumpfwiesen. Wer vom vorgegebenen Weg abweicht, begibt sich in Gefahr, im morastigen Sumpf zu versinken.

Im Hintergrund erheben sich dunkle Tannen, die sich

im See bizarr widerspiegeln, und in der Ferne strahlt im hellen Sonnenlicht das Höllengebirge.

Hauptkommissar Lehmann las den Bericht und schüttelte den Kopf. Am nächsten Morgen rief er in Österreich den Kollegen Moritz Haberlander an. Der kaute gerade auf einem Croissant herum und sagte: »Entschuldigens bittä! Erst heut haben wir das Ergebnis von der Pathologie bekommen. Tut mir leid, aber es handelt sich bei der Toten nicht um das von Ihnen gesuchte Fräulein Svende Kunstmann. Die Moorleiche war zuerst schwer zu identifizieren, weil sie schon so lange im Wasser gelegen hat.« Er sprach das Wort hat wie hod aus. Er kaute wieder auf seinem Hörnchen herum und nahm dann schmatzend einen Schluck Kaffee.

Lehmann ärgerte sich über den nonchalanten Tonfall des Kollegen. Schließlich beendete der Kommissar aus der Alpenrepublik seinen Vortrag mit der Erklärung, dass es sich bei der Leiche um eine verschwundene deutsche Touristin gehandelt habe.

»Wenn wir Ihnen sonst helfen können, gern?«, fragte Kommissar Haberlander.

»Danke, Herr Kollege.«

Lehmann beendete das Gespräch abrupt.

Nach einem weiteren Jahr hörte man von einem Banküberfall in den Außenbezirken von Meran. Die Täter wurden nicht erwischt.

Bonnie und Clyde blieben verschwunden. Man hörte nie wieder etwas von ihnen.

ENDE